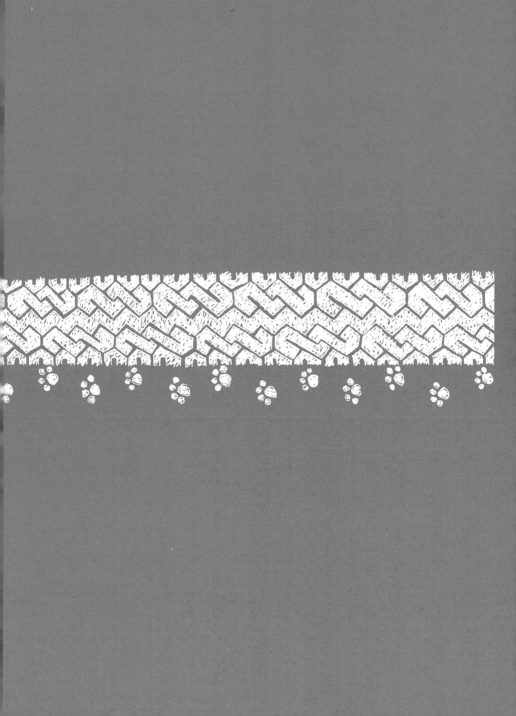

樂讀456——進階 098

黑貓魯道夫❷

魯道夫・一個人的旅行

文 齊藤 洋　圖 杉浦範茂　譯 王蘊潔

目錄

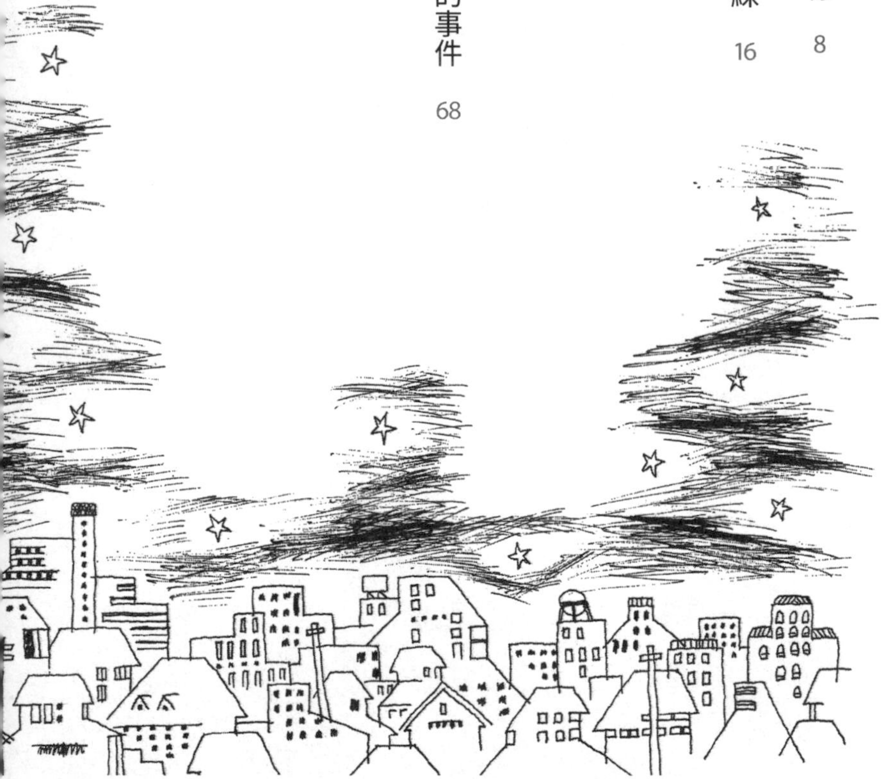

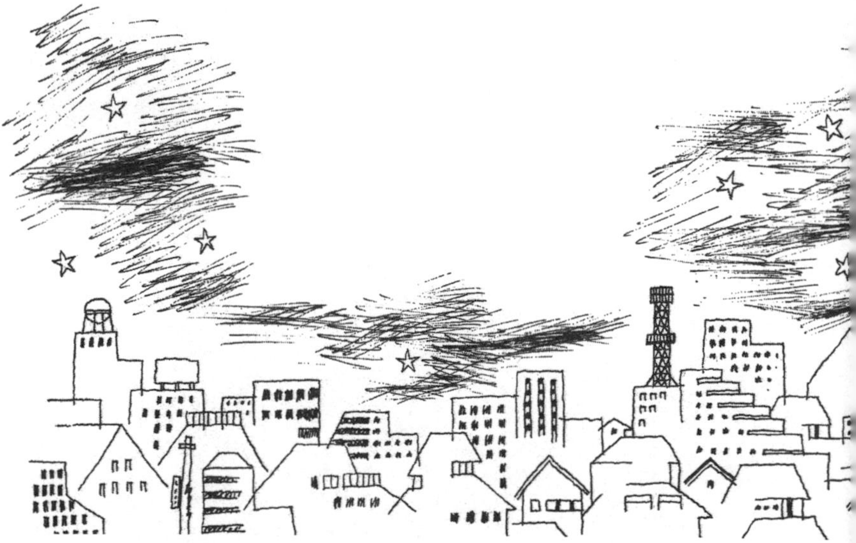

序

我叫魯道夫，是一隻會寫人類文字的黑貓。

看過我寫的第一本書《魯道夫與可多樂》的人就知道，我是搭大貨車從岐阜來到東京，就這樣在東京住了一年。

剛到東京時，我的身體很小，還是一隻小貓，現在已經長大了。以體型來說，已經是成年貓了，可是教我認字的可多樂說我只長身體不長腦，心理上還是一隻小貓。

我同意他的說法，我知道必須多學點知識，才能成為獨立自主的成年貓。

可多樂是我來東京後認識的虎斑貓，他是流浪貓，所以有很多名字。我第一次問他的名字時，他回答「我的名字可多了。」我就誤以為他叫「可多樂」，所以，其實他本來不叫這個名字，但我很喜歡自己幫他取的這個名字，就一直這麼叫他。

可多樂在貓界算是大塊頭，即使和狗打架，也很少輸。

我的朋友米克斯是商店街五金行養的雙色貓，他是寵物貓，和我與可多樂不一樣。

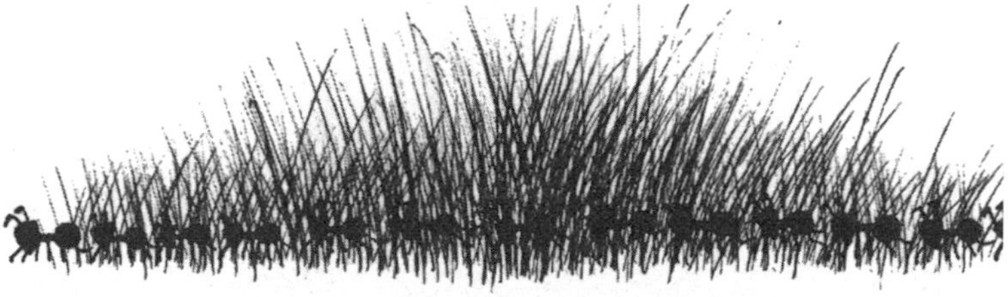

寵物貓和流浪貓通常水火不容，可是，我們的感情很好。我和可多樂是忘年之交，米克斯只比我大一點而已。可能是因為年紀相近的關係，所以，我和米克斯才會成為好朋友，只是他有時候也會把我當成小孩子。

我現在是流浪貓，但以前在岐阜時是寵物貓，我的主人叫理惠，是一個小學生。

和寵物貓相比，流浪貓的生活很辛苦，肚子餓的時候，沒辦法只喵喵叫兩聲，就有人送食物來；晚上的時候，也不能在溫暖的房間舒服的睡覺。

那流浪貓的生活是不是一無是處呢？我倒

不這麼覺得，活在世上，並不是只要吃得飽、睡得香就是幸福。用比較有深度的話來說，重要的是精神層面的問題。至於什麼是精神層面的問題，就很難解釋清楚了……

先不談這些，總之，這是我寫的第二本書，希望大家也喜歡嘍！

1

複雜的貓，「哼嗯」和「哼」不一樣

「啊——」

我從剛才就不停打呵欠。這兩、三天，天氣突然暖和起來，就像春天一下子蹦了出來。粉紅色的櫻花花蕾圓鼓鼓的，好像隨時就要綻放。

「啊——」一旁的可多樂也打著呵欠。

「小魯，好想睡覺喔，真是春眠不覺曉啊！」

「但已經中午了，整天睡

覺，會睡出問題吧？」

雖然我這麼說，但其實眼皮重得抬不起來。太陽暖洋洋的照著，我坐在神社正殿前方的階梯上，忍不住想要打瞌睡。

咦？前面走過來的不是米克斯嗎？黑白雙色貓，不是別人，正是米克斯。

「你們打算睡到什麼時候？已經中午了。」

他一口氣衝了上來，順勢跳到香油錢箱上，低頭看著我們。

「你少囉嗦，我們想睡就睡啊！」

可多樂微微張開眼睛，心情不太好。

「對呀！對呀！我們和你不一樣，我們是流浪貓，想睡多久就睡多久。」

我也表示同意，跟著躺了下來。

「虧我還帶來有趣的消息。」

米克斯從香油錢箱上跳下來，坐到我的頭旁邊。

「有趣的消息？」我躺在地上，稍稍抬起頭看米克斯。

「想聽嗎？」

我還來不及說「好」，可多樂就說：

「八成又是和上次一樣的無聊事，我才不想聽。」

可多樂說的無聊事，就是這一陣子米克斯常常掛在嘴上的，哪裡哪裡的女生突然變漂亮了。米克斯嘴裡的女生，當然不是指人類的女生，而是說貓咪的女生。兩、三天前，米克斯說，鐵路對面藥局的母貓很可愛，邀我們一起去看。我們三個去看了，發現她和米克斯一樣，只是很普通的雙色貓。

「你喜歡這種的嗎？喜歡這麼幼稚的嗎？」可多樂冷笑著。

我也附和著說：

「只是普通的雙色貓而已嘛！我覺得你比她可愛多了。」

我明明在稱讚他，他卻對我說：

「你少說這麼噁心的話。」

米克斯用奇怪的眼神看著我，可多樂也嘲笑的看著我說：

「他還不懂那種事。」

我雖然不知道他說的那種事是哪種事，但是如果我開口問，肯定會被他們笑，所以就忍著沒問。

米克斯一定是又在哪裡看到了可愛的女生，所以特地跑來告訴我們。

我發現可多樂和米克斯在街上看到再可愛的公貓，都不會說他們可愛，只會對母貓品頭論足。

「今天不說女生的事，是房子的事。」

「房子？」

「對，蓋房子的事。」

「你家的五金行嗎？」

「不是啦，小川家隔壁的空地要蓋新房子了。」

聽到這裡，原本躺在地上悶不吭聲的可多樂，耳朵微微抽動了一下。

可多樂曾經告訴我，小川家隔壁的空地，就是他以前當寵物貓時住的地方。後來他的主人去了美國，房子也被拆掉了。

「我好久沒有去那裡了。剛才路過時，看到那裡搭起鷹架，也已經用木材把房子蓋起來了，房子很大喔！」

「不知道誰會去住那裡。」

「聽說最近有一個超級有錢的人買了那塊土地。」米克斯很神氣的說，就好像他變成了那個超級有錢人似的。

「超級有錢的人？」一直沒有說話的可多樂仍然躺在那裡，背對著米克斯插嘴問道。

米克斯轉頭看著可多樂說：

「對呀，我家老闆和客人說話時被我聽到了，聽說買那塊土地的人開了好幾家公司，超有錢的！」

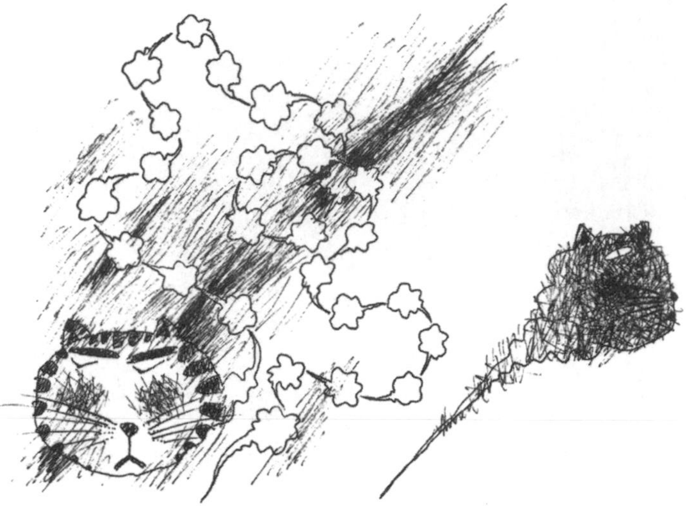

「哼嗯。」

我發出了聲音的同時，可多樂也發出了「哼」的聲音。

雖然「哼嗯」和「哼」聽起來很像，但意思完全不一樣。我是因為感到佩服而發出那個聲音，但可多樂的「哼」，意思卻沒有那麼單純。既不是生氣，也不是不屑，而是更加複雜。因為可多樂本來就是一隻心思複雜的貓。

先不管可多樂的複雜情緒，我

很想去看看正在建造的那個房子。

「要不要去看看？」說著，我站了起來。

「對啊！一起去看看。」米克斯也站起來。

我看著可多樂，他仍然躺著不動。

「我要去看人家蓋房子嘍！」

可多樂頭也不抬，悶悶的回我：

「不要妨礙工人蓋房子。」

2

等待主人歸來，進行聖母峰登山訓練

「他肚子上的傷還沒有好嗎？」走去工地的時候，米克斯問我。

「應該好了吧！我看他的樣子一點都不痛啊！」

「那他為什麼不和我們一起去？」

「不知道，可能覺得去看人家蓋房子很幼稚吧！」

「是嗎？」

應該不是。我知道可多樂

不是因為這個理由，才不和我們一起去看蓋房子。他雖然是成年貓，但也常常做一些很孩子氣的事。

例如今年二月下大雪的時候，他的舉動也很孩子氣。

在大雪紛飛時，他特地沿著松樹爬到神社的屋頂，再從屋頂最低的地方爬向頂端。

「可惡！都到這裡了，居然下起大雪！」

他說的話有點莫名其妙，我不知道他在做什麼，只好頂著寒風，站在地面抬頭看他。可多樂走到屋頂頂端後，故意鬆開前腳，讓身體滑下來，然後懊惱的說：「太、太不甘心了，只差一點點就到山頂了。」他還說：「啊！肚子好餓，好冷，好睏。啊！我快昏過去了。」

雖然那時候的天氣的確很冷，但可多樂說肚子餓是騙人的。

那天，魚店的大哥哥送了我們很多沒賣掉的鱈魚，他飽到剛才還打了好幾個飽嗝呢！

「慘、慘了，我快遇難了！」

可多樂癱在屋頂上。

「喂，可多樂，你怎麼了？」

我在下面擔心的問，可多樂猛然坐起來，大聲對我咆哮：

「吵死了，我正在享受冬天爬山的樂趣。」

他的聲音根本不像差一點遇難的貓。

「你也上來嘛！」

我聽從可多樂的建議爬上松樹，跳到屋頂上。屋頂上鋪著滑溜溜的瓦片，坡度也很陡，平時很難爬上去，但因為積雪的關係，反而發揮了止滑作用。我輕輕鬆鬆的爬上屋頂，可多樂卻看著我，一臉不高興。

「你在幹什麼？」

我才想問他在幹什麼呢！明明可以很輕鬆的爬上來，卻裝出寸步難行的樣子，或是故意滑一下，真不知道他在幹什麼。

「我告訴你，這裡是聖母峰。」

「聖母峰？」

「沒錯，是世界上最高的山峰！你怎麼可以這樣蹦蹦跳跳的爬上來？」

「搞什麼啊！原來你在玩登山遊戲。」

我終於發現了這件事。

「登山遊戲？這才不是在玩遊戲。我告訴你，這是訓練，是登山訓練。」

「什麼？訓練？」

「沒錯。」

「所以，你要去爬那個叫聖什麼的山嗎？」

「我不會去爬啦！」

「那為什麼要訓練？」

「你怎麼連這個都不知道？我們在冬天的運動量經常不足，所以必須鍛鍊一下。你少囉嗦了，像我一樣這樣爬就對了。」

我很不甘願的慢慢爬到可多樂旁邊。

「魯、魯道夫，再忍耐一下。撐下去！你千萬不能睡著。」

「誰會睡著啊！這裡冷得要死，怎麼可能睡得著？」

聽到我的回答，可多樂說：

「你真是搞不清楚狀況，受不了你！我告訴你，冬天爬山時會很想睡，但是如果睡著，就會凍死，所以我才模擬那種情況對你說這些話。你也要視狀況配合一下嘛！來，重新來一遍。真是受不了你……魯、魯道夫，再忍耐一下。撐下去！你千萬不能睡著！」

「好、好，可多樂老師，我會撐下去的。」

我努力想像自己在爬山，對他大叫著，但他還是不滿意。

「喂，『老師』是什麼意思？『老師』是怎麼回事？」

「因為你說是訓練，所以，我想應該叫『老師』啊！」

「笨蛋，我們是全世界第一支貓咪登山隊。既然是登山隊，應該要叫我『隊長』。」

「知道了……那……隊長！沒問題，我會撐下去的。」

「對了對了，就是要這樣。魯道夫，要注意雪崩啊！」

「是，隊長，我會小心的。」

於是，我們足足花了十分鐘，才爬上其實只要兩秒鐘就可以爬上去的屋頂，最後，還在屋頂頂端大叫：

「太好了！世界第一支貓咪登山隊終於登上了聖母峰。」

他還要求我和他一起大喊「萬歲」。

這件事實在太丟臉了，我不好意思告訴米克斯，但米克斯應

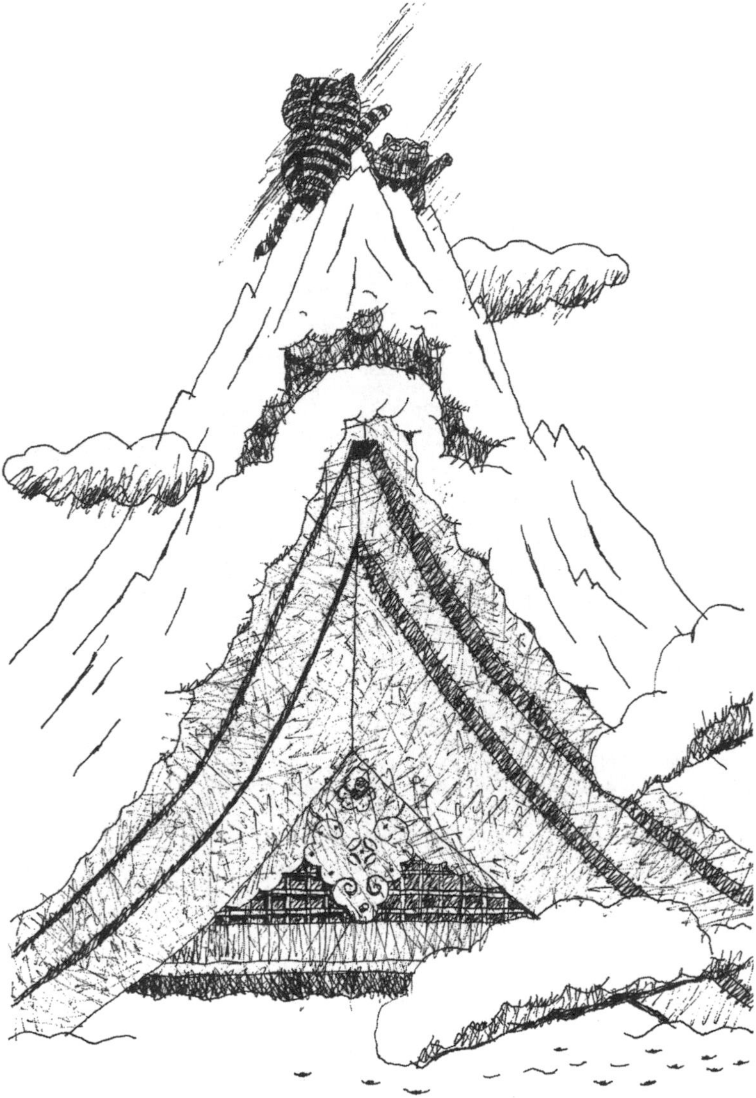

該也知道，可多樂有時候會做一些很孩子氣的事。

「我絕對不會猜錯。」

我們走了一陣子，米克斯突然開口：

「虎哥可能在等以前的主人回來。」

米克斯之前不這麼叫可多樂，而是叫他「垃圾虎」，意思就是被主人當成垃圾丟棄的虎斑貓。但他和可多樂變成朋友後，就開始叫他虎哥。

虎哥是可多樂以前的主人幫他取的名字。

我之前也隱約察覺，可多樂似乎在等以前的主人回來。而且他有時候會跑去看那塊空地，我猜他早就知道空地在蓋房子的事。

「小魯，我是不是說了不該說的話？」

「不該說的話？」

「虎哥的主人之前不是租了那裡的房子嗎？所以，應該不是很有錢，但我剛才說，這次買地蓋房子的人超有錢……」

「你的意思是，他的主人不會回來了？」

「聽說在我們出生之前，他的主人就去美國了，我覺得再怎麼等，他的主人也不會回來了。」

米克斯的話很有道理，岐阜的理惠也會因為我離家一年都沒回去，就放棄我了嗎？

我不禁有點難過。

這時，我聽到「噹噹噹、咚咚咚」敲榔頭的聲音。

「喔，他們開始工作了！那些工人吃完便當後又開始蓋房子了，我們趕快去看看。那些工人雖然是人類，卻可以在很高的地方跳來跳去。」

米克斯跑了起來，我也跟在他身後跑著。

3

貓來貓去

這棟正在蓋的房子很大。

我和米克斯坐在載了木材的大卡車車頂上，看著工人蓋房子。有人用榔頭敲柱子，有人拿著電鋸和電刨。

咚噹咚噹，嗡嗯嗡嗯……

工地好熱鬧，大家都在努力工作，沒有人發現我們坐在車頂上。

「米克斯，你看到沒？房子正中央靠右的地方，有一根四方形的柱子。」我把嘴巴貼在米克斯的耳邊說話。
「你是說那根很粗的柱子嗎？」
「沒錯，就是那根很粗的柱子，你聽我說……」
「我知道你在想什麼，你是不是覺得，在那裡磨指甲一定很舒服，對吧？」
「咦？你怎麼知道？」
「因為我剛才也在想同一件事。」
那根柱子無論形狀和大小，都好像是專門為貓磨指甲而設計的。如果可以在上面盡情磨指甲，不知道有多舒服。光是想像就覺得爪尖癢了起來。
「立起身體，兩隻前腳搭在柱子上，先舉右腳磨磨磨，再舉左腳磨磨磨。」

米克斯已經忍不住了，他坐在車頂上，輪流磨著指甲。

「右腳磨磨磨，左腳磨磨磨，一定超舒服的。」

我也忍不住伸出腳，露出指甲。

「那就今天晚上吧！」

「沒錯沒錯，今天晚上一定要來。」

我們跳下大卡車，約好晚上等工人下班後再來這裡。

我和米克斯在分別通往神社和鐵路的十字路口分手，米克斯要去找鐵路對面藥局的那隻雙色貓。

和米克斯分開後走了兩、三分鐘，我覺得不太對勁，好像有人在看我，又好像在跟蹤我。我回頭看了幾次，沒有看到任何人。午後的太陽微傾，陽光照在柏油路上，眼前的馬路筆直的通向遠方。

可多樂平時經常叮嚀我，一旦察覺苗頭不對，或是感到不對勁，就得特別小心謹慎。聽說動物的這種第六感很準確，但如果警覺之後什麼都沒發生，當然再好不過了。

我一邊走，一邊四處張望。

看到了，在那裡！

馬路對面有一個停車場，停了一輛藍色廂型車，有一隻貓蹲在廂型車下偷偷看我。

只有一隻嗎？不，還有另一隻躲在旁邊那輛車下。那兩隻貓都比我高大，因為躲在車底下，看不清楚他們身上的顏色，但看他們的樣子，好像準備隨時衝出來。

還是假裝沒有發現他們比較好。雖然很想跑，但我忍住了，維持和剛才相同的速度走回家。

前面停了一輛傾倒車。我走到傾倒車旁，抬頭瞥了一眼車窗旁的後視鏡，鏡子中有兩隻白底棕色條紋的虎斑貓，他們果然在跟蹤我。同樣是虎斑貓，可多樂是偏灰的棕色上有一條條黑色條紋，所以感覺很不一樣。

我要直接回神社嗎？還是繞遠路甩開他們後再回去？但神社就在前面，可多樂應該也在神社裡。

我想了一下，決定直接回神社。

我若無其事的走過大門，可多樂躺在香油錢箱前，和剛才的位置完全相同，姿勢也一模一樣。我鬆了一口氣。

「小魯，你被跟蹤了。」

我走過去時，可多樂躺在原地，小聲對我說。

「你怎麼知道？對呀！我被跟蹤了。」我也小聲回答。

「有幾隻？」

「兩隻虎斑貓。」

「是嗎？」

「怎麼辦？」

「別理他們，我們按兵不動，他們會自己找上門來。」

我向大門的方向瞥了一眼。可多樂說得沒錯，兩隻虎斑貓正慢慢、慢慢的走過大門下方。

「怎麼辦？他們真的找上門了。」

「別理他們，他們會來找你說話。」

可多樂仍然躺在原地，背對著大門，我斜對著大門方向，坐在可多樂的頭旁邊，這個位置可以看到那兩隻貓的行動。

他們越來越靠近。大門離我們的位置大約五十公尺左右，在距離我們約三分之二的地方，有一對貘犬石雕面對面立在參道兩側。兩隻虎斑貓剛好走過貘犬石雕旁。

「你就是神社黨的魯道夫嗎？」右側的那隻虎斑貓開口問。

「神社黨？」我忍不住反問。

「對，你是不是那隻和鬥牛犬打架的黑貓？」

他們怎麼知道我曾經和大魔頭打架的事？

「小弟我不知道什麼神社黨，但我就是魯道夫。」

聽到我的回答，左側那隻貓對剛才問話的貓說：

「我看不是他吧？稱自己是小弟的傢伙怎麼可能打贏鬥牛犬？」

「你說得有道理，但是這一帶只有他是黑貓，而且，他不是住在這個神社嗎？」

喔，我終於懂了。原來是因為我們住在神社，所以叫我們神社黨。

「你有沒有和鬥牛犬打架，而且還打贏了他？」

我對之前向大魔頭挑戰的事感到驕傲，但不是因為打贏了狗而驕傲，而是因為幫遭到算計的可多樂報了仇。可是，我從來沒有向別人提過這件事。

我點了點頭。

「果然是你。我們是河對岸的龍虎三兄弟，我叫『恰克』，他叫『阿里』，我們的大哥叫『普拉多』。」

「是嗎？你們找我有什麼事？」

他們為什麼要向我自我介紹，到底想幹什麼？他們不像是想要和我交朋友。可多樂一直在旁邊假裝睡覺。

「你跟我們走一趟，去那裡的小學操場一下，我大哥想要跟你說幾句話。」

「找我說話？」

「對，如果你不想去也無所謂，但你要馬上離開這一帶，留下你的島嶼。」

「島嶼？」

島嶼是什麼？一下子說要找我說話，一下子又說什麼島嶼，他們到底在說什麼？

「只要留下你的島嶼，乖乖走人，我們會放你一條生路。」

他們突然找上門，還對我撂狠話。況且，我根本沒有什麼島

嶼，真想看看哪隻貓擁有島嶼。我曾經在地圖上看過瀨戶內海，那裡有很多小島，如果有一隻貓住在無人島上，那個島嶼就算是他的嗎？

我沒有說話，那個叫恰克的虎斑貓又說：「如果你要走，記得把躺在那裡的手下也帶走。」

他揚起鼻子指著可多樂。

他揚起的鼻子還來不及收回去，前一刻還在睡覺的可多樂猛然站起來，我還來不及眨眼，他已經跳了三公尺高。當可多樂落地時，恰克已經挨了他一拳倒在地上。

阿里見狀拔腿想要逃跑，可多樂用頭撞向他的身體。可多樂的頭像石頭一樣硬，頂頭功夫威力十足。當阿里搖搖晃晃想要站起來時，可多樂咬住他的脖子，下巴甩了兩、三下，用盡全身的力氣，把阿里高高拋向空中。

阿里被拋到差不多有成年人身高那麼高的半空中，但是可多樂並沒有就此收手，等阿里掉下來，又用肩膀把他撞飛了出去。

飛出去的阿里撞上石燈籠的角落，口吐白沫，躺臥下來。

這時，恰克站了起來，一瘸一拐的逃向門口，但他還來不及逃到貘犬石雕那裡，就被可多樂追上，從他身後撲了過去。

可多樂撲到他身上後，用兩隻前腳鎖住他的脖子。

恰克往前倒下，可多樂依然沒有鬆開前腳，兩隻貓一起滾落在地上，揚起一陣黃黃的沙塵。

我站在香油錢箱前，瞠目結舌的看著他們打架。

對了，我也該去幫忙。當我意識到這一點，衝到可多樂身旁時，恰克已經被可多樂掐得猛翻白眼。可多樂的背後絞殺絕技可不是蓋的。

恰克在可多樂手中掙扎了一會兒，終於無力的垂下肩膀，昏了過去。

太強了！可多樂太厲害了。不到一分鐘，就把兩隻貓統統擺平了。

雖然之前曾經聽說過，但這是我第一次親眼目睹。如果米克斯也在，就可以大開眼界了，誰叫他去找女生，錯過難得一見的打架場面。

可多樂咬住癱在地上那隻恰克的脖子。通常，當貓咬著重物拖行時，都會倒退著走路，但可多樂微微把脖子轉向一旁，讓恰克和自己的身體保持平行，咬著他往前走，一路拖到石燈籠下，然後把他丟在躺臥倒地的阿里身上。

「他死了嗎？」

我不由得擔心起來，用鼻子戳著癱在地上的恰克。

「怎麼可能這樣就死了？他只是昏過去而已。」

可多樂說著，舉起前腳，接連拍打他們的臉。

「呃……」

阿里先醒過來，他一臉納悶，不知道發生了什麼事，推開壓在自己身上的恰克站起來，但四腳還站不穩。

「喂，恰克，你沒事吧？」

阿里用鼻尖頂著恰克的下巴。

「嗯，嗚嗯……」

恰克呻吟著，漸漸醒了過來。

「到、到底發生什麼事？」

「混帳！什麼發生什麼事！」

可多樂用很有威嚴的聲音，對一臉茫然的他們喝斥道：

「你們自稱是龍啊虎啊的，到底是哪裡冒出來的？你們把這裡當成什麼地方了？」

恰克終於站了起來，但腳還是軟趴趴的。恰克和阿里垂著耳朵，身體縮成一團。

「我猜你們是市川或是松戶一帶農戶家養的寵物貓吧？居然

敢過橋跑來這裡囂張，難道你們不知道江戶川這一側是老子我虎哥的地盤嗎？」

「什麼？虎哥！」恰克大吃一驚。

「但、但是垃圾虎，不，虎哥不是被鬥牛犬咬死了嗎……」

「混帳！誰死了？你沒看到老子活得好好的嗎？你們想來爭地盤，結果賠上自己的蛋蛋就不好玩了吧！」

啊，可多樂又說了我聽不懂的事。彈彈是什麼？他們身上藏著彈珠嗎？

「今天的事，老子就放你們一馬，快滾吧！」

可多樂說完，走回香油錢箱前躺了下來，好像什麼事都沒發生過。

恰克和阿里見狀，頭也不回的拔腿就逃，但可能因為腿還在發軟，他們跑得跌跌撞撞，好不容易才邁出大門。

兩隻虎斑貓離開後，我跑到可多樂身旁。

「太、太厲害了，我第一次見識到你的厲害。」我興奮的說。

「比起你打贏大魔頭差多了。」

每次提到上次復仇的事，我就覺得很難為情。我立刻轉移話題，問了剛才我聽不懂的那些話。

「對了，可多樂，他們剛才說什麼島嶼，哪裡的島嶼？還有，他們有彈珠嗎？為什麼不搶過來？把彈珠滾來滾去很好玩啊！也可以用來踢球。」

「彈珠？」

可多樂一臉納悶，躺在地上偏著頭看我。

「喔，你是說，我剛才說的蛋蛋嗎？」

「對呀！對呀！」

「你真的是什麼都不懂。」

每次我問奇怪的問題，可多樂就說我沒知識，所以，不如我自己搶先說。

「反正我就是沒知識嘛！」

「你不知道這些事，和沒知識沒關係。相反的，把這些話掛在嘴邊，就是沒教養。」

「但是，你自己剛才不也說了嗎？」

「要不要當一隻有教養的貓，也要看時間和場合啦！」

可多樂站起來坐在階梯上。

「島嶼就是指地盤，蛋蛋就是代表生命的意思。我警告你，不能隨便說這種話。」

我點了點頭，想起我還有沒搞懂的事情，就順便一起問了。

「真奇怪，他們怎麼會認識我？而且，你怎麼知道他們是寵物貓？」

可多樂不耐煩的打了一個呵欠。

「米克斯到處宣揚你和大魔頭打架的事，所以一下子就傳到了河對岸。至於我為什麼知道他們是寵物貓，只要看他們的肌肉就知道了，那根本不是肌肉，而是贅肉。整天吃香喝辣，躺著不動，就會變成那樣。」

「是喔！他們受了傷回去，他們的大哥普拉多會不會來找我們算帳？」

「怎麼可能？他們才沒那個膽子！」

可多樂說完，又躺了下來。

這個世界上真的有各式各樣的貓。有的貓特地跑去鐵路對面找女生，也有的像剛才那兩隻虎斑貓一樣，特地過河來挑戰。貓都喜歡出遠門嗎？

話說回來，我也從岐阜跑到東京來了。

但是，我並不是想來才來的，而是被魚店老闆追著跑，逃到貨車上，結果被老闆用拖把從後面打中腦袋昏了過去，才會在不知不覺中被帶來東京。

可多樂呢？他雖然會去鐵路對面，但從來不去很遠的地方。

我突然想到，可多樂不願離開這裡，一方面是因為在這裡住慣了，但更重要的原因，是他在等以前的主人。

4

貓打敗像大象那麼大的狗

那天晚上，我和米克斯一起去了正在建造房子的工地，在這根柱子、那根柱子上盡情磨指甲，結果把指甲磨得太短了，有很長一段時間，都不能用爪子抓東西。

米克斯很懊惱沒有看到白天的打架場面。

「喂，虎哥，聽說你短短十秒鐘，就打敗兩隻比你還大的貓。」

第二天早晨，米克斯來到神社時說。

正伸長舌頭舔右前腳洗臉的可多樂瞪了我一眼，我把頭轉向一旁，假裝不關我的事。

「小魯，是不是你加油添醋到處亂說？」

「什、什麼啊？」我故意假裝聽不懂他在說什麼。

「你別跟我裝糊塗，是不是你加油添醋的把昨天的事告訴米克斯？」

「哪有加油添醋……」

「昨天找上門的貓哪裡比我大？」

「咦？他們比你小嗎？」

恰克和阿里兄弟倆體型其實只比我大一點而已，但我在告訴米克斯時，為了把可多樂的英勇事蹟說得更有聲有色，故意把他們說得比可多樂更大。

「混蛋！你想裝糊塗嗎？」

「稍微誇張一點沒關係啦，我把這件事告訴附近的貓時，還說虎哥你五秒鐘就打敗了三隻像鬥牛犬那麼大的貓呢！」

米克斯說完之後，立刻知道自己說錯話了。可多樂不喜歡別人講話不實在。

「這件事要怪你，你們四處宣揚之前復仇的事，才會發生昨天的事。幸好我在，魯道夫才沒遭殃。如果我不在，後果不堪設想。更何況……」

我和米克斯被狠狠教訓了三十分鐘，可多樂教訓完我們之後就出去了。

「加點油、添點醋有什麼關係！」

可多樂一走，前一刻還乖乖挨罵的米克斯嘀咕起來。

「而且，現在說這些已經晚了。你認識蕎麥麵店的三毛貓吧？我剛才提到附近的貓，其實就是他。他的綽號叫『廣播電臺』，不管聽到什麼，都會四處散播。而且，他說話語不驚人死不休，可以臉不紅、氣不喘的把金魚說成鯊魚。現在，這件事一定已經變成虎哥三秒鐘打敗了十隻像大象那麼大的狗了。」

「誰會相信啊！」

「妙就妙在大家都會相信。大家聽了三毛貓的話，即使知道要打一點折扣，也會覺得虎哥在十秒鐘內打敗了三隻狗。」

「聽起來一點真實感都沒有啊！」我說。

米克斯露出認真的表情繼續說：

「問題不在於有沒有真實感，傳聞的重點在於是不是有趣。而且，大家都知道虎哥真的很厲害，所以傳聞就有了真實性。」

我對米克斯的話有點懷疑。這時，他站了起來，伸了一個懶腰。

「哎，真倒楣，一大早就挨罵，我還是去找小咪散心好了。」

我猜小咪就是藥局那隻雙色貓。

「如果你想散心，可以和我玩摔角啊！」

「摔角也不錯，但還有更好玩的事。」

「那你和我一起玩更好玩的事啊！」

聽了我的話，米克斯盯著我的臉看了很久。

「你真的什麼都不懂，即使和你臉貼臉磨來磨去，也一點都不好玩啊！」

「臉貼臉磨來磨去？」

我聽不懂他在說什麼，只好反問他。

「我說啊，虎哥除了教你認字和道德教育，也應該教一教這種事嘛！」

米克斯留下這句話就走了。

我自己在神社也沒什麼好玩的，早餐也還沒吃，所以決定出去走一走。

我和可多樂有很多人類的朋友，到處都可以找到食物，有看起來像巫婆，但其實人很好的老婆婆；還有像大熊一樣的小學老師，可多樂被大魔頭攻擊受傷時，就是他帶可多樂去看獸醫的；學校廚房的大嬸也對我們很好。

岐阜的魚店老闆好像凶神惡煞，而這裡商店街的魚店大哥哥既親切又大方。

說到岐阜，不知道理惠現在在做什麼，在纜車站上班的鄰居大姐姐不知道好不好。

這一陣子，我很少想起岐阜的事，想到她們兩個人，就覺得有點對不起她們。

5

蛇形架式和「朋友」的意義

四月了，人類的學校正在放春假。學校放假時，就是我們的大好機會。白天可以偷偷溜進教室，把班級圖書櫃上的書拿出來。不，不是用書來磨指甲啦！沒知識的貓才會那樣做，我和可多樂會看書認字，不會做那種事。

我拿書出來是想要看。看啊！看啊！盡情的看。雖然自己說有點不好意思，但我這一年來認字很有成就，小學程度的國字幾乎全學會了，看書的速度也不輸給人類小孩。

說實話，其實我最喜歡看圖鑑。像是動物圖鑑，我可以看一整天都不覺得膩。我也很愛看鳥和魚的圖鑑，每次看到麻雀和竹筴魚的圖片，口水都快流出來了。除了圖鑑以外，我也喜歡看傳記。第一次跟著可多樂溜進教室時，我連愛迪生是誰都不知道，之後，我看了很多人物的傳記。

拿破崙、林肯、華盛頓，這些都是當過皇帝或是總統的人，我還看了音樂家貝多芬、蕭邦的傳記，也看了日本人的傳記，名叫野口英世的醫生很有意思。

總之，學校放假時，可以整天都留在學校，一天就能夠看完一本書。

這一陣子，可多樂都不和我一起來小學。因為小學教室內班級圖書櫃上的書他幾乎都看過了，即使來了也覺得很無聊。他最近都去中學。

我也曾經跟著可多樂去附近的中學，那所中學的圖書室有一扇窗戶的鎖壞了，所以我們可以輕易進入圖書室。但是，我只去過一次，之後就沒再去了，中學的書對我來說太難懂了。

每天晚上，可多樂都會在神社旁的兒童公園沙坑教我認字。我在練習他教我的字時，他就在一旁學新的字。他學的是英語，他說，全世界的人都聽得懂英語。真的假的？

米克斯也經常來沙坑，但他不是來學認字的，而是向可多樂學防身術。看他們練習時，總覺得和打架沒什麼兩樣。聽說打架和防身術的精神不一樣，說實話，我並不知道有什麼不一樣。

可多樂和米克斯練的每一個招式都有名字。根據用身體撞對方時，撞到對方的頭或是肩膀部位，都會取不同的名字。

用身體撞對方的頭叫「猛虎青龍破頭術」，意思就是發狂的老虎撞破青龍的頭。發狂的老虎好像是指自己，但我不知道青龍是指誰；用身體撞對方肩膀的招式叫「猛虎銀龍破肩術」。雖然都是「猛虎」，但這次後面接的是銀龍，「破肩」就是撞破肩膀的意思。我完全搞不懂青龍為什麼換成了銀龍。

使用招式之前的準備動作稱為「架式」。架式也有很多種，例如「虎形架式」是指普通的準備姿勢，就是貓準備撲向什麼東西時，降低重心的姿勢。

他們在練習時，每次要使用招式之前，要先把名稱說出來。比方說，當大叫「猛虎青龍破頭術」時，就是用身體去撞對方的頭。如果叫「猛虎青龍破頭術」，順利的撞到對方的頭，就代表招式成功，如果不小心撞到了肩膀，就算是失敗。而要撞肩膀時，必須先大叫「猛虎銀龍破肩術」才算符合規矩。

某天早上，可多樂出門後，我正準備去小學，米克斯走進大門，迎面向我走來。

「小魯，我正在研究新的架式。」

米克斯說著，在香油錢箱前的階梯上坐了下來。

「新的架式？防身術嗎？」

「對呀，我已經學會了『虎形架式』和『獅形架式』，我想研發自己獨創的架式。」
「喔，怎樣的架式？」
雖然我沒什麼興趣，但我覺得偶爾也要應酬一下，於是假裝好奇的問他。貓也有貓的應酬。
「嗯，你覺得『蛇形架式』怎麼樣？」
「蛇形架式？」
「對，蛇形架式。」
「蛇形架式是怎樣的架式？」
「我還沒想出來。」
「還沒想出來就已經取好名字了？」

「對呀！」

我實在搞不懂防身術，世界上有什麼東西只有名字，沒有內容的呢？

「但是，老實告訴你，我只有在電視上看過蛇長什麼樣子。」

我也只有在圖鑑上看過蛇長什麼樣子，即使只從圖鑑上看，也覺得那是一種噁心的動物。

「蛇不是沒有腳嗎？」我說。

米克斯看著我的臉說：「對呀！真不知道他們要怎麼走路，從電視上看不太清楚。你知道他們怎麼走路嗎？」

「不就是扭啊扭的。」

「扭啊扭是怎麼扭？」

「我想應該是扭啊扭，扭來扭去的走。」

「你光說扭啊扭、扭來扭去，我怎麼知道怎樣是扭啊扭？怎樣是扭來扭去？」

「我猜應該就是這樣扭啊扭，扭來扭去。」

我躺在地上扭著身體。

「我也猜想是這樣，但沒有親眼看到，還是搞不太清楚。」

「那倒是。」

我其實根本不想知道蛇怎樣走路，只想趕快去學校看書。

「小魯，蕎麥麵店的三毛貓說，他上次在江戶川的堤防上看到了蛇。」

我有一種不祥的預感。

「所以，我也想去江戶川看蛇。」

「那你就去啊！」

「你也覺得應該去嗎？」

「嗯。」

「那我們一起去。」

我就知道。米克斯不想自己去，所以來找我一起去。

「一起去看蛇嗎？」我露出厭惡的表情。

「你別露出那種表情嘛！我們不是朋友嗎？我自己去會覺得很噁心，聽三毛貓說，他在草叢裡看到像蚯蚓一樣的蛇，足足有五公尺長。他說話向來誇張，可能只有兩公尺左右，但看到那種東西扭來扭去，不是很噁心嗎？而且，萬一蛇撲過來怎麼辦？」

光是想像被五公尺長的蚯蚓繞住脖子，就覺得呼吸困難。

「別去了。」

「別這樣嘛！陪我去啦！我研究蛇形架式需要觀察蛇。」

「那你不要研究蛇形架式嘛！可以改成研究麻雀架式，就像這樣，把兩隻前腳像翅膀一樣張開。」

我只用後腳站著，前腳像鳥的翅膀一樣張開，但很快就失去平衡，差一點跌倒。

「根本不行，一下就跌倒。況且，麻雀架式無聊死了。」

「只要多練習，就會越來越穩。如果你覺得太無聊，可以稍微改變左前腳和右前腳的動作，變成松樹架式，也可以用前腳做出好像拿水桶的樣子，變成廚房大嬸架式。」

我不想去看蛇，所以，隨便想到什麼就說什麼。
「你是不是不想陪我去，所以才胡說八道？」
「不是……」
「你想想看，蛇不是很噁心嗎？我們覺得噁心，虎哥也會覺得噁心，這正是我的目的，我想好好嚇一嚇虎哥。我們不是朋友嗎？拜託你，陪我去嘛！答應我嘛！」
我無力招架「朋友」這兩個字。米克斯的確是我的好朋友，而且，之前我去為可多樂報仇時，也是他陪我去……
「好，那我陪你去。」我嘆著氣說。
「這就對了嘛！」
米克斯精神抖擻的站了起來，我很不甘願的跟著站起來。

6

在美麗的春天河畔，發生了不美麗的事件

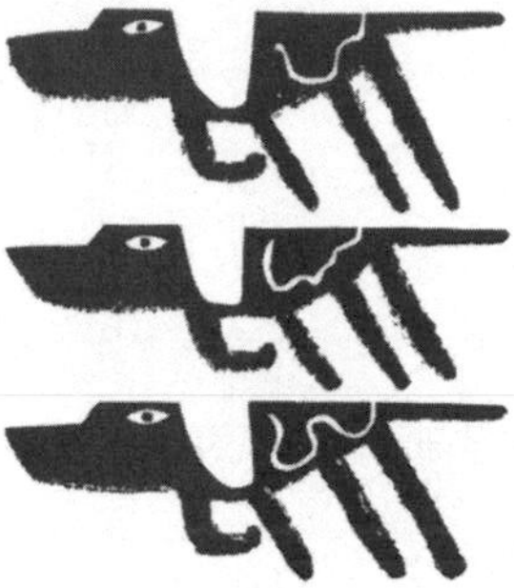

從堤防上往下看，發現右側是競賽用的橢圓形運動場。運動場的左側是一望無際的草皮，有些地方種了低矮的樹木，周圍還有長椅。小孩子在草皮上踢足球、打棒球，也有大人在練高爾夫球。

順著左側望去，小河穿過堤防，流入了江戶川。我們沿著堤防，經過水門上方後，走下堤防。

春天徐徐的微風令人心曠神怡，但看到江戶川，讓我忍不住想起故鄉岐阜的長良川。我不願意想起以前的事，所以很少來這裡。上次來的時候，覺得江戶川很像長良川，心裡很難過，但是，現在站在這裡眺望，覺得其實很不一樣。

岐阜城下的長良川，沿著山麓時右時左的蜿蜒，河面也沒有江戶川寬闊。眼前的江戶川在這一段剛好是上游向右彎曲，流向下游，但曲線更緩和。這應該是盆地河流與平原河流的不同。

我是來東京學習之後，才知道盆地和平原的差異。在岐阜時，我甚至不知道自己住的地方叫岐阜。

貓心可能和人心差不多，說來很奇怪，面對同樣一條河流，經過一段時間之後，就可以改用冷靜的態度看待。

「聽說三毛貓就是在這裡看到蛇的。」米克斯嗅聞著草皮的味道說。

對了對了，我們是來這裡看蛇的。

「這裡不像是會有身長五公尺的蛇出沒的地方。」

這裡有很多小昆蟲飛來飛去，我不停前後擺動著耳朵。

「我仔細想了一下，發現三毛貓的話太誇張了，如果有五公尺那麼大的蛇，人類怎麼可能讓他到處爬來爬去，我看有沒有兩公尺都不知道。」

米克斯說著，在草地上四處嗅聞起來。我本來就不想找什麼蛇，甚至希望最好找不到，所以，一下子看著天空，一下子看著對岸的山丘。

「啊——」

因為實在太舒服了，讓人忍不住想要打瞌睡。我躺了下來，腦袋在草皮上磨來磨去。然後，彎一下前腳，變成了仰躺。當身體時而左轉，時而右轉時，看到的風景也不一樣。

我昏昏沉沉，眼皮越來越重。

喀沙。

「嗯？」

是米克斯走過來了嗎？

「米克斯，不要管蛇了，你躺下來看看，真的很舒服。」

「小魯，你說什麼？」

米克斯的聲音從遠處傳來。

喀沙。

那個聲音就在我的頭上。

喀沙、沙、沙、沙。

有什麼東西在我旁邊！我的心臟差一點停止跳動。

我察覺到草皮在動，然後猛然跳了起來。

什、什麼東西？

離我三十公分遠的草皮在動。

我走近一步看，有一條細細長長的綠色東西……

「哇！在這裡。」

我不小心大聲驚叫起來。米克斯聽到後，立刻跑過來，順著我目光停留的地方望去，也跟著大叫了起來。

「啊！」

一根看起來有點像水管的東西，正在草皮上扭來扭去，越扭越遠。他的身體顏色很像草皮，移動的時候既不是走路，也不是滑動，而是像在游泳。

我們茫然的看著他沿著草皮扭向小河的方向，不一會兒就不見了。

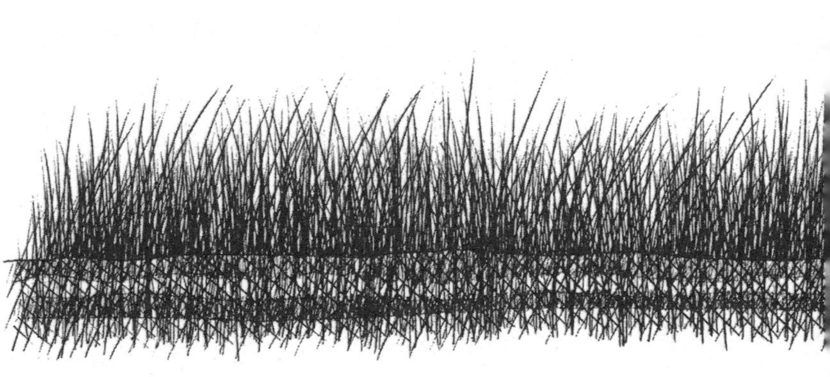

即使他已經不見了蹤影，我和米克斯仍然一動也不動的站在原地。隔了很久，才終於發出聲音。

「那個、那個應該就是蛇吧？」

米克斯吞了一口口水說：「對、對呀！」

他的聲音很沙啞。

「真、真噁心。」

米克斯說得沒錯，蛇真是令人噁心的動物。而且，那也算動物嗎？比在圖鑑上看到的噁心多了。

「回、回去吧？」

聽到我的話，米克斯默默點頭。

我們走向堤防，但很擔心附近還有其他蛇出沒，所以一直低著頭走。其實，在這種視野良好的地方，絕對不能這麼做。當我們走到堤防下方，猛然抬起頭時，危險就在眼前！

有三隻白底黑點的中型狗正在左側堤防的下方對我們虎視眈眈，雖然旁邊有一個人，但從人和那三隻狗的距離來看，三隻狗並沒有被狗鍊繫著。

「米克斯，有波音達在那裡！」

在我告訴米克斯之前，他完全沒有察覺。

「波音達？」

「你看那裡，我在圖鑑上看過，那是一種叫『波音達』的獵犬，不妙喔！那種獵犬很喜歡追著像我們這樣大小的動物跑。」

我的話還沒有說完，站在波音達獵犬旁的男人猛然舉起右手，對著我們揮了一下。

慘了！那三隻狗要攻擊我們！怎麼會這樣？

我還來不及眨眼，三隻波音達獵犬已經朝我們衝過來。

「米克斯，快跑！」

我們立刻衝上堤防，朝著和狗相反的方向跑。

「米克斯，你不是有向可多樂學過防身術嗎？」我一邊跑，一邊問。

「你別說廢話了，趕快跑吧！」

我也覺得與其期待米克斯的防身術，不如跑快點更有效。我在跑的時候回頭一看，三隻波音達獵犬離我們只剩五十公尺了。

「啊，這下慘了。小魯，你看那裡，看那裡是誰！」

我抬頭一看，發現一隻鬥牛犬正沿著我們逃命方向的坡道慢慢走來。

是大魔頭！

那次為可多樂報仇後，我沒有再見過他，當時我害他差點溺斃，他一定對我們恨得牙癢癢的。雖然被一個女人用狗鍊牽著，但我想他不費吹灰之力就可以甩掉那條鍊子。

「小魯，我們向左右分頭跑，我往河川的方向跑，你跑去相反的方向，往馬路的方向跑！如果我們能逃過這一劫，就後會有期吧！」

米克斯的話還沒說完，就往右側的堤防衝了下去，我也立刻衝下左側的坡道。

當我跑下堤防時，前方剛好停了一輛車子。

可以躲在車子下面！

我上氣不接下氣的鑽到車子下才想到，米克斯在堤防上也可以看到這輛車子，他為什麼不跑來這裡，而是跑去相反的方向？往那裡跑，只能跑到河邊，根本沒地方躲啊！

難道他是為了掩護我，才故意跑向危險的地方，想要把那三隻狗引開嗎？

正當我這麼想的時候，堤防上面傳來一聲慘叫。

「啊！」

米克斯遭到攻擊了！

我從車子下面衝了出來，我不能丟下米克斯自己逃命。

但是，我上了提防跑到一半時，不禁停下了腳步，眼前的景象太出人意料了。

拖著狗鍊的大魔頭凶猛的攻擊波音達獵犬，其中一隻被大魔頭咬住脖子，四肢不停的掙扎。另外兩隻也被大魔頭的氣勢給嚇到，只敢汪汪吠叫著，在一旁打轉，不敢上前營救同伴。

帶著大魔頭出來散步的女人不知道該怎麼辦，手足無措的站在不遠處。

「小魔，不、不可以！」

聽到女人的聲音，大魔頭鬆開嘴巴，被他咬住的那隻狗趁機脫逃，頭也不回的拔腿就跑，另外兩隻也跟著逃走了。

「汪汪汪，汪汪汪！」

大魔頭看到三隻狗夾著尾巴逃跑，立刻追了上去，但對方是波音達獵犬，根本追不上。跑得越久，距離也越拉越長。

大魔頭沒有放棄，還是一個勁的追。

「汪汪汪，汪汪汪！」

大魔頭的叫聲越來越遠。

「小魔，小魔！等、等一下！別追了。哎喲，小魔，小魔！」

帶大魔頭出來散步的女人也跟在後頭追著，人當然追不上狗，跑得越久，距離也越拉越長。

原本指示自己的狗去追貓，沒想到現在狗反而被鬥牛犬追，狼狽的跑回來，波音達獵犬的主人也嚇了一跳。那個主人是個肥胖的中年男子，他爬上堤防大聲叫著，好像在叫狗的名字。

三隻波音達獵犬躲到主人身後，似乎因此壯了膽，對著緊追不放的大魔頭汪汪吠叫。

大魔頭停下了腳步。因為距離很遠，我看不太清楚，大魔頭站在十公尺外，似乎正瞪著那三隻波音達獵犬和他們的主人。

女人還沒有追上大魔頭，恐怕還要十秒鐘，才能抓到大魔頭的狗鍊。

大魔頭向前走了一步，又走一步。

胖男人向後退了一步，三隻波音達獵犬也跟著往後退。

大魔頭又前進一步，對方又向後退一步。

「汪喔喔！」

大魔頭叫了一聲，聲音響徹整個堤防。

「哇啊！」

胖男人大叫一聲，轉身跑了起來。看到主人逃走，三隻波音達獵犬所剩無幾的勇氣也盡失了，只能跟著主人一起逃命。胖男人和三隻波音達獵犬爭先恐後的往堤防上方逃跑了。

大魔頭假裝追了幾步，隨即發出勝利的吠叫：

「汪嗡，汪嗡！」

他停下腳步等待女人追上他，當女人好不容易追上他時，把他罵了一頓。他垂著耳朵，乖乖挨罵。我爬上坡道，來到堤防上方，米克斯從另一側跑了過來。

「嗨，你沒事吧？」

「沒事。米克斯，這到底是怎麼回事？」

「我也搞不懂。大魔頭好像救了我們一命。」

我們不知道為什麼會這樣，正偏著頭納悶，就看見大魔頭被那個女人牽著走了回來，但他只是瞥了我們一眼，就沿著剛才走來的路回家了。

7

他有他的想法

「大魔頭應該有他自己的想法吧！」

「什麼想法？」

「想法就是想法啊！」

「你這樣說根本沒回答到我的問題。」

那天晚上，我把白天發生的事告訴了可多樂。我還是不懂大魔頭為什麼要救我們，於是，就問了可多樂這個問題。

「即使沒有回答到你的問

題，我也只能這麼回答，大魔頭的想法只有他自己知道。」

「是嗎？」

我覺得可多樂應該知道，但我沒有追問。有時候可多樂明明知道，卻對我說不知道，這種時候，即使再怎麼追問也沒用。

第二天早晨，我去商店街找米克斯。

五金行門口有好幾個大金屬盆倒扣著疊在一起，我每次去都看到三個盆子疊在一起，可見一個都沒賣出去。

米克斯半睡半醒的坐在金屬盆上微微張著眼睛。

「貓店員先生。」

聽到我的叫聲，米克斯懶洋洋的抬頭看我。

「小魯，原來是你，虎哥呢？」

「他去中學了。」

「他真用功，搞不好不久後就可以上大學了。」

「大學？那是什麼？」

「你連大學都不知道嗎？小學畢業後就讀中學，接著再讀高中，高中讀完後，就可以讀大學了。人類很辛苦，幸虧當貓很輕鬆。像你這種主動好學的貓太稀奇了，大部分的貓就算從早睡到晚也沒關係。」

我覺得米克斯的話有點不對勁，但寵物貓和我們流浪貓想的不一樣。雖然很想進一步了解大學是怎樣的地方，不過我今天另有目的，所以，立刻切入正題。

「米克斯，你覺得昨天大魔頭為什麼要幫我們？去年秋天，大魔頭暗算可多樂，我們兩個去找他報仇，讓他掉進水池差點淹死。以他的個性，絕對很痛恨我們，但他昨天居然救了我們。」

「我也不知道，大魔頭也有他的想法吧！」

我很驚訝米克斯的回答居然和可多樂一模一樣。

「你眼睛瞪這麼大，是在驚訝什麼？」

「沒有，因為可多樂的回答和你一樣。」

「是嗎？嗯，大人的想法都差不多啦！」

米克斯和我的年紀差不多，自從他開始和鐵路對面藥局的母貓約會後，有時候會把我當小孩子。

我露出不服氣的表情，米克斯用左腳抓了抓耳朵。

「我昨晚一整晚沒睡，都在思考這個問題。我思考了各種可能，大致可以猜到是什麼原因，但真正的原因就不知道了。」說完，他又倒在盆子上睡覺了。

「這種事，還是問當事人最清楚。」米克斯補充完這一句，又閉上了眼睛。

看來問他也沒有用，我決定離開。

走了兩、三步，我想起一件事，停下腳步回頭說：「對了，米克斯，昨天謝謝你讓我逃到車子那裡，自己去把狗引開。」

「我不知道你在說什麼。」

米克斯翻了一個身，背對著我。他在害羞。

大魔頭的事果然只有大魔頭自己知道，我決定去小川先生家看看。大魔頭是小川先生家養的狗，可多樂以前是他的鄰居，他

們以前曾經是好朋友。

沒想到才幾天沒來，新房子已經蓋得差不多了。房子表面貼著灰色板狀的東西，看不到房子裡的柱子。我跳上大魔頭家的水泥圍牆。

大魔頭的下巴貼著地面，正在水池旁休息，聽到動靜，抬起頭看了我一眼，嘀咕說：

「怎麼？這會兒又來了一隻黑貓。」

然後，又把下巴貼回地面。

「又來了一隻黑貓」，代表剛才也有誰來過了嗎？

大魔頭不再理會我，我決定叫他，但該怎麼叫他呢？他昨天剛救了我們，直接叫他的名字好像不太禮貌。於是，我決定在他的名字後面加上「大哥」的尊稱。

「喂，大魔頭大哥。」

說「大哥」的時候好像特別拗口。

大魔頭又抬起頭。

「幹麼叫我大魔頭大哥？聽了全身都起雞皮疙瘩了。」

我鼓起勇氣，跳到院子裡，但還是靠著圍牆邊，萬一情況不妙，隨時都可以逃走。

「喂，大魔頭大哥。」

我又叫了一次，這一次說「大哥」時，比剛才自然了些。

「別叫我大魔頭大哥，如果是為了昨天的事，剛才五金行的雙色貓已經來道過謝，你不用再謝了。」

「啊？米克斯來過了嗎？」

「他叫米克斯嗎？對，就是米克斯剛才來過，貓都很囉嗦，昨天深夜，你老大也來過了。」

可多樂也來過了？那他應該是趁我睡著之後偷偷跑來的。

「是喔，我不知道，他們來幹什麼？」

「他們都是為昨天的事道謝，所以你不必再謝了。」

我再度靠近大魔頭幾步。

「我不是來向你道謝的。大魔頭大哥，不對，大魔頭，我只是想知道你昨天為什麼救我們，但在此之前，先謝謝你昨天救我們擺脫危險。」

大魔頭聽完，只說了一句：「那不值得一提。」

他再度用下巴貼著地面，閉上眼睛。我似乎打擾到他了，我默默的坐著。我們兩個都在原地不動。

不一會兒，大魔頭抬起頭。

「你怎麼還在？」

說著，他站了起來，想要走去對面。

「請等一下。你不是恨我們嗎？那昨天為什麼救我們呢？」

我鼓起勇氣，走到大魔頭身旁問他。如果他想報復，昨天就可以出手，不必等到現在才來咬我。

「這種事無關緊要。」

大魔頭不耐煩的說。

「是因為你有你的想法嗎？」

我搶先開口問。

大魔頭聽了，突然笑了起來。

「哈哈哈，你說話真有意思，什麼叫『我有我的想法』？」

「難道不是嗎？」

「我沒有說不是，嗯，就是這麼一回事吧！」

「哪一回事？」

「就是我有我的想法啊！」

「所以，我想知道你的想法是什麼想法。」
我不肯罷休的繼續追問，大魔頭仔細打量著我。
「我真搞不懂你到底是大人還是小鬼，也不知道你到底是聰明還是笨。你可以用成年貓也想不到的計謀讓我掉進水裡，今天又來問這些莫名其妙的問題。好吧！既然你來了，要不要吃我吃剩的早餐？」
我這才想起自己還沒有吃早餐。
大魔頭走去玄關。
「這裡還有吃剩的牛排，統統給你吧！」
大魔頭用鼻子推了推玄關旁的臉盆。我走過去一看，發現裡面還剩了一大塊牛排，差不多有菸盒那麼大。我肚子突然餓得叫起來，原本覺得還沒有問出大魔頭的真心話，就讓他請我吃牛肉似乎不太好，但我是個貪吃鬼，脫口問他：

「我真的可以吃嗎？」

「可以呀！」

我聞了聞味道，絕對是百分之百純牛肉。我咬了一口，滿嘴都是難以形容的牛肉獨特香味。我好久沒有吃這麼高級的肉了，我甚至想不起上次是什麼時候吃的。

「統統給你吃，你也可以打包帶回去。」

對了，可以帶回去和可多樂一起吃，但我已經克制不住想要馬上一飽口福的衝動。

「那我可以吃一半，把另一半帶回家給可多樂吃嗎？」

「可多樂？喔，你是說虎哥嗎？我無所謂，但他恐怕不願意吃我給你的肉。」

大魔頭露出有點難過的表情。

我張大嘴巴咬住了肉，肉差一點從臉盆裡掉出來，我慌忙用前腳按住，用力把肉咬斷。

真好吃！

大魔頭目不轉睛的看著我吃。轉眼之間，我就把一半吃完了。雖然還想繼續吃，但我要把剩下的一半帶給可多樂。

我用舌頭舔嘴巴時，大魔頭問：

「你真的要把另一半帶回去給虎哥嗎？」

「對呀！米克斯是寵物貓，常常可以吃到好料，但是我和可多樂就很少有機會吃到牛肉。」

「是嗎？真好！」

我搞不懂大魔頭為什麼這麼說。

「我們吃不到牛肉有什麼好？能夠吃到好料才叫好吧？」

「好料？不，我說真好不是這個意思。我是說，你帶肉回去，有朋友可以分享。而且，你們也很自由。」

我之前就覺得寵物狗很可憐，他們不能走出圍牆外，即使是出去散步，也要戴上狗鍊。

「這個世界上有比好料更重要的東西。」

大魔頭喃喃自語。

「反正，我是在鬧彆扭，才會在虎哥的主人離開後欺侮他，因為我嫉妒他每天可以自由自在的過日子。」

大魔頭說到一半，可能覺得我想插嘴發表意見，便停下來看著地面。

我不知道該說什麼，因為不知道，所以只好什麼都不說。

「你剛才問我，是不是恨你們。沒錯，那時候我的確恨死你們了。」

大魔頭仰頭看著天空，似乎在回想當時的事。

「那天我中了你的計謀掉進水池，你們回家之後，我很不甘心，眼淚忍不住流下來，想不透為什麼會栽在你這種小鬼手上。我抓著水池邊緣，氣得全身發抖，泡在水裡很久。」

我瞥了一眼水池，大魔頭繼續說下去。

「我實在太生氣了，想要找機會報仇，但是，我沒辦法離開這個院子。即使出去了，也得戴著狗鍊。當我發現不可能親自向你們報仇時，開始思考能不能找誰代替我找你們算帳。你們找我報仇，我要再找朋友向你們報仇，但是……」

大魔頭停了下來，我從來不知道狗的眼神可以這麼悲傷。

「那時候，我終於清醒了，我根本沒有朋友可以為我報仇。當然，一方面是因為我從來沒有獨自離開過這個院子，所以沒有朋友。但我泡在水裡時，發現並不光是這樣而已。因為虎哥以前曾經是我的朋友，但他落魄之後，我對他做了很過分的事……」

大魔頭看著地上，我也在不知不覺中低下了頭。

「我終於知道，這一切都是我自作自受。那天之後，我一直

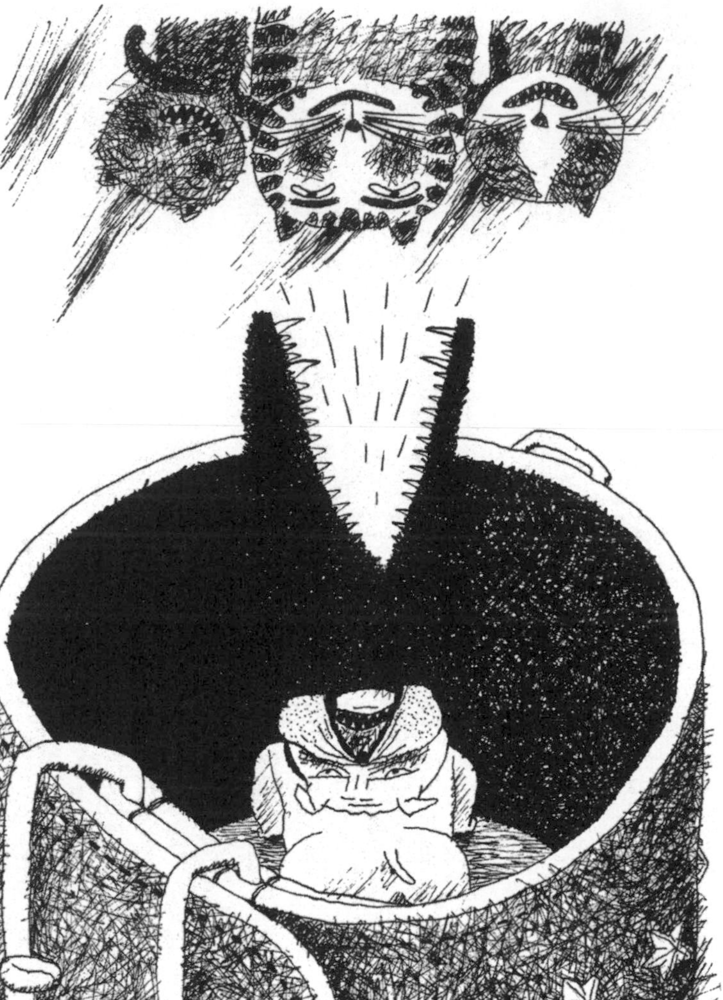

在等你們再次上門。如果你們來了，我會向你們道歉，然後，該怎麼說呢……」

「你想和我們交朋友嗎？」

「簡單來說，就是這麼一回事。」

水池的水反射著陽光，水面發出粼粼波光。這時，傳來「撲通」的水聲。

「這裡有金魚嗎？」我不由得問。

「有啊，還有鯉魚。」

「魚不可能成為你的聊天對象。」

大魔頭點了點頭。

「我還會再來找你玩，就算可多樂不允許我來，我也會來的。可多樂是我幫虎哥取的名字。因為流浪貓有很多名字，我第一次見到他時，他說：『我的名字可多了。』我就以為他的名字叫可多樂。」

大魔頭聽了，忍不住笑了起來，但很快又露出嚴肅的表情說：「可多樂是嗎？有很多名字，代表有很多朋友……可多樂是一個好名字。」

「對吧？你也這麼覺得吧？你以後也不要叫他虎哥了，叫他可多樂吧。」

「不錯喔，不過，要看他願不願意原諒我。」

「別擔心，他昨天晚上不是也來找你嗎？」

「那是因為我救了你們，他來向我道謝，這是兩回事。」

微風吹進院子，樹枝微微搖晃著。

「今天我就先回去了，牛肉我帶回去嘍！」

我咬著剩下的肉，走到院子的角落，跳到水泥圍牆上。我站在圍牆上回頭一看，發現大魔頭正在目送我。

回神社的路上，我終於了解，原來「大魔頭有他的想法」是這麼一回事。

8

月夜的跟蹤

今年春天，發生了兩次危險的事。一次是自稱龍虎三兄弟的奇怪貓上門找碴，另一次是在堤防上被三隻波音達獵犬攻擊。春天冒出了很多莫名其妙的傢伙，真傷腦筋。

春天已走到尾聲，櫻花早就謝了，樹枝上黃綠色的嫩葉取代了粉紅色的花朵。

四月結束，進入五月中旬後，常常熱得像夏天。

去年也是差不多這個時候，只要一到晚上，可多樂就會出門。去年他曾經連續三天沒有回來，最近差不多都在早上才回到神社。即使我問他晚上去了哪裡，他也總是回答：

「你真囉嗦，我去哪裡和你沒關係。」

他從來不告訴我實話，但我大概可以猜到。

我猜他八成去找母貓約會了。米克斯常常去鐵路對面找女生，可多樂一定也是去約會了。

可多樂的女朋友是怎樣的貓呢？我忍不住有點好奇。年紀和可多樂差不多嗎？如果是這樣的話，就應該是大嬸了。她也像可多樂一樣是大塊頭嗎？恐怕沒有這麼大的母貓，我也從來沒有看過像可多樂那麼大隻的公貓。不知道他女朋友是什麼顏色？可多樂是略灰的棕色，帶有黑色條紋，他的女朋友也是虎斑貓嗎？

我猜想可多樂的女朋友應該住在中學附近，因為他經常去中學，可能是在那裡認識的。

下次我要跟蹤他。但萬一被他發現了怎麼辦？他會不會說：「只有沒教養的貓才會做這種事。」，然後對我大發脾氣？

「阿虎，沒關係啦。這隻黑貓真可愛，原來他就是你常常提起的小魯。」

當他這麼罵我的時候，他的女朋友不知道會不會這樣袒護我，然後還伸出舌頭舔我的脖子。

我在想像這些事時，忍不住覺得脖子癢癢的。

可多樂的女朋友一定像媽媽一樣。雖然覺得她會像媽媽一樣，但其實我一點也不記得我媽媽的樣子，因為從我有記憶開始，就住在理惠家了；好像很小的時候就去了她家。媽媽是怎樣的感覺？身上會不會有貓奶的味道？

那隻像媽媽一樣的母貓會叫可多樂阿虎嗎？如果叫虎哥的話，好像有點見外。既然是要好的女朋友，不可能用和大家一樣的方式叫他。還是直接叫他老虎？這樣很不像女生。對了，該不會叫他小虎吧？

小虎？哈哈哈，可多樂怎麼看都不像是小虎。

我覺得太滑稽了，忍不住獨自笑了起來。

對了，今天晚上就裝睡，等可多樂出門後再跟蹤他。好，就這麼辦。

但是，裝睡可不是一件容易的事，不要以為躺著不動就可以成功裝睡。貓很擅長屏住呼吸，一動也不動。你們應該曾經聽說貓在老鼠的洞口，可以一等就是好幾個小時吧！

話說回來，裝睡並不是躺著不動這麼簡單，呼吸必須有規律，感覺睡得很香甜的樣子。有人說「狐狸出沒裝睡」，難道狐狸很擅長裝睡嗎？動物圖鑑上沒有寫這些事。

裝睡很容易真的睡著，那天晚上，我就在不知不覺中真的睡著了，於是計畫只好延期。

第二天，到了晚上，天氣還是很悶熱，太適合裝睡了。因為這種時候，即使想睡也很難睡著。

「小魯，你睡著了嗎？」可多樂在我耳邊小聲的問。

我當然不可能回答。如果我回答說：「對呀，我睡著嘍。」那還裝什麼睡呀！不一會兒，我察覺到可多樂猛然站了起來，從神社地板下方鑽了出去。我偷偷張開眼睛，觀察可多樂往哪個方向去。

他往後面走，鑽過神社的圍籬，走了出去。

我立刻站起來。

月亮高掛天上，夜色顯得很明亮。可多樂做事小心謹慎，跟蹤他的時候不能靠得太近。我既怕跟丟了，又怕被他發現，只好遠遠的跟在後頭，時而躲到電線桿後，時而把身體貼著圍牆走。

穿過院子，走過小巷，越過寬闊的馬路。然後，又鑽過院子的圍籬，走在磚牆上，接著，又轉入小巷。

咦？他是要去商店街嗎？商店街有母貓嗎？蕎麥麵店的三毛貓是公貓……

可多樂走進了商店街，他快步走過已經拉下鐵門的商店前。

他很快向左轉，離開了商店街。

咦？他往那裡走，不是去大魔頭家的方向嗎？

我躲在轉角處觀察，看到可多樂在大魔頭家的水泥圍牆前停了一下。他想跳上圍牆嗎？

但是，可多樂沒有跳上圍牆，而是沿著圍牆往前走。

他是來看蓋房子的工地嗎？還是他和女朋友約在那裡見面？

可多樂走進差不多已經蓋好的房子，因為還沒有建造圍牆，所以從任何一個地方都可以進去。

面向馬路的正中央，有一道用鐵欄杆做成的門。只有門，卻沒有圍牆實在很奇怪。

我避開路燈，躡手躡腳的跳上大魔頭家圍牆。低頭往院子裡一看，發現大魔頭正在水池另一邊睡覺，完全沒有發現我。

我壓低身體快步走在圍牆上，肚子幾乎快碰到圍牆了。每走一步，都可以從圍牆盡頭看到工地。

那棟房子是純白色，大門的後方是木頭造的玄關。院子很大，但還沒有種樹，也沒有鋪草皮。

我看到可多樂坐在玄關前，只有他，沒有其他的貓。因為離得很遠，不必擔心他看到我，但為了保險起見，我打算再退後兩、三步。這時，可多樂卻搶先轉過頭對我說：

「小魯，不要再玩捉迷藏了，趕快下來吧！」

我差一點從圍牆上跌下來。

雖然我好不容易站穩了，但卻覺得無地自容，臉一下子脹得通紅。既然被發現了，就沒什麼好躲的了。我不安的走向圍牆的另一端。

「你發現了啊？」

「如果我連你的假睡都無法識破，還能做什麼大事？」

「所以，你離開神社時就知道了嗎？」

我跳了下去，走到可多樂身旁。

「當然啊！你的跟蹤技術太差了，一下子躲到這裡，一下子藏去那裡，動作太大了，簡直就像特地在引起別人的注意。」

什麼嘛！搞了半天，他早就知道了。不過，聽他說話的語氣，好像並沒有生氣，太好了。

「那你為什麼不早一點告訴我？真是壞心眼。」

「壞心眼？偷偷跟蹤別人才是壞心眼吧。這種事……」

「你是想說，有教養的貓不應該做這種事，對吧？」我搶先說了這句話。

「沒錯，你很清楚嘛！既然知道就更不應該了。」

「對不起。」

「算了，不要站著，坐下來吧！」

我在可多樂的旁邊坐了下來。玄關前比院子高差不多三個階梯的高度，上面鋪著磁磚，坐下時，屁股感覺涼涼的，很舒服。

我打量著院子，雖然不知道以後會建磚牆、水泥牆，或者是圍籬，但已經全都圍起來了，只要再種一些樹，這個房子就完成了，應該可以變成一個漂亮的家。我猜屋主一定很有錢。

我在想這些事時，可多樂小聲的叫了一聲：

「小魯……」

「什麼事？」

我轉過頭，發現可多樂正低著頭，看著磁磚地板。

「我……」

他說到這裡，沒有繼續說下去。太奇怪了，他和平時不一樣，以前他說話從來不會說到一半就不說了。

「我……不，先談你的事。你不回岐阜了嗎？」

可多樂說完，抬起頭看著我的眼睛。他突然提到岐阜，我有點不知所措。

「岐阜？」

「對，如果我沒有遭到大魔頭的暗算，去年秋天商店街的人搭遊覽車去旅行時，你早就溜上車回岐阜了。」

可多樂說得沒錯。那次因為我要回岐阜了，可多樂打算請我吃肉作為臨別大餐。可多樂和米克斯瞞著我去找大魔頭要肉，結果可多樂遭到暗算，受了重傷，我和米克斯去為他報仇。

現在回想起來，我們能夠打贏大魔頭簡直就是奇蹟。

當時，我覺得如果想回去，隨時都可以回去，現在仍然這麼覺得。因為想著隨時都可以回去，所以就一拖再拖，直到今天，仍然留在這裡。雖然我很想見理惠，但我捨不得離開可多樂和米克斯……

我沒有回答，心裡想著這些事。可多樂突然開口：

「我打算去美國。」

「你打算去美國？」

由於太意外了，我忍不住重複一

遍可多樂的話。然而，話一出口，我立刻想到，他是要去找以前的主人！

「我打算去美國讀書，那裡有很多日本沒有的東西。我在中學的圖書室用功了一陣子，學了一點英語，不然到時候看不懂招牌和道路標誌，迷路就糟了。」

雖然可多樂這麼說，但我知道這不是他的主要目的。

「是喔！」

我用有點同意，又不太同意的聲音回答。可多樂用比剛才開朗的聲音說：

「小魯，對不起，我不應該在你面前還遮遮掩掩。」

他自嘲的笑了笑。

「其實，我很想念以前的主人，去美國讀書只是次要目的。我以前一直覺得他會回來這裡，但是現在看起來，好像不是這麼一回事。」

「好像不是這麼一回事？」

「當初聽到這裡要蓋房子時，我也抱著一絲期待，以為他會回來，但能在這裡買地、蓋房子的人不是都很有錢嗎？我以前的主人別說很有錢，他根本一點錢也沒有。」

我覺得在這棟房子的主人搬進來之前，還不能下結論，搞不好可多樂以前的主人去美國後變成了有錢人。但我知道可多樂不喜歡聽這種安慰的話，所以就沒有說出來，沒想到可多樂自己提起這件事。

「他也可能去美國後飛黃騰達，發了大財，因為他是個好人。但即使他真的發了財，這棟房子也不是他的。」

「你怎麼知道？」

「因為門柱上掛著木牌，就是門牌，專門用來寫住戶的姓氏。上面寫著『川上』，我以前的主人不叫川上，而是叫日野。」

可多樂站了起來，走向大門。

我跟著他走過去，他抬頭看著石造的門柱，在鐵欄杆門的兩側，有兩根石頭門柱，右側的門柱上方掛了一塊木牌。

可多樂抬著頭，用忿恨的眼神看著門牌上的「川上」兩個字，然後重重的嘆了一口氣。

「你看，我沒說錯吧？小魯，走，我們回家吧！」

可多樂說著，走到馬路上。
今晚是滿月。美國人也會賞月嗎？
我默默的跟著可多樂走回神社。

9

日野先生的回憶和赴美計畫

好朋友要去遠方，總是令人難過。

如果是以前，不管是在岐阜，或是剛到東京時，我一定會阻止或拜託對方不要走。但是，自從和可多樂一起住在神社的地板下，我漸漸了解到，不應該阻止朋友挑戰新的事物，這等於在扯朋友的後腿。

那個滿月之夜，回到神社後，可多樂和我聊了很多他前主人日野先生的事。我曾經聽可多樂說起，以前的主人強迫他認字，還有突然去美國，讓可多樂變成流浪貓的大概情形。

可多樂出生後不久，就被丟棄在江戶川的堤防上，是日野先生把他撿回家的。我早就忘了自己小時候的事，但可多樂說，他清楚記得當時的情況。

「我在堤防上餓了整整三天，那時候天空下著雨，我又冷又餓，意識也開始模糊不清。如果他再晚一天把我帶回家，我恐怕就沒命了。所以，他是我的救命恩人。」可多樂說。

如果我剛到東京時，沒有遇見可多樂，也不知道會有怎樣的下場。寵物貓突然變成流浪貓很辛苦。如果剛出生不久就被丟棄，當然更加辛苦。

「他把我抱起來，塞進他的髒雨衣口袋裡，那個口袋破了一個大洞，我拚命抓住口袋，以免掉下去。」

可多樂懷念的說著。日野先生很窮，連雨衣也只有這一件。大魔頭家隔壁正在蓋新房子的地方原本是一棟舊房子，日野先生租下後住在那裡，有時連房租也付不出來，但不知道為什麼，他吃的東西都很高級，也很會做菜，可多樂跟著吃了不少美食。

他會教貓認字，可見他和一般人不一樣。

「與其說他養我，不如說我們是同居。他經常對我說：『我不打算把你當寵物，你可以自由自在的過日子。如果你想離開，隨時都可以離開；同樣的，如果哪天我想走，也隨時會走，到時候，你可不要說是我丟下了你。』」

可多樂和日野先生的關係，跟我和理惠的關係不太一樣，但我也說不清楚到底哪裡不一樣。

總之，他們一起住了一年半左右，日野先生就是在這段期間教可多樂認字。有一天，日野先生說他要去美國，於是就離開了那個家，至今剛好滿六年。

「所以，我說想要見他，並不是想見以前的主人，只是想見見老朋友。小魯，你能了解嗎？」

如果有一天和可多樂分開，我應該也會想要見他。我很了解他的心情。

「但是，美國不是很大嗎？如果要找遍整個美國，不知道要找到哪一年。」

「要找遍整個美國當然不可能，我大概知道他在美國的哪一帶，我猜他去了舊金山。」

「舊金山？」

「對，是美國西岸的城市，那裡有一個叫中國城的地方，住了很多華人。他以前曾經告訴我，他有華人朋友在中國城，所以，他很有可能在舊金山。即使他去了其他城市，只要我向中國城的貓打聽，應該可以找到線索。」

可多樂還告訴我很多日野先生的事。他有時候會花好幾個小時看很艱澀的書，有時候從早睡到晚，有時出門後連續好幾天都不回家。日野先生就是這樣的一個人。

「我覺得和你很像。」

聽到我說他們像，可多樂似乎很高興。

「是嗎？可能因為和他一起住了那麼久，多多少少受到他的影響吧。」

可多樂喜歡日野先生，所以聽到別人說他們很像，就會感到高興。如果有人說我和可多樂很像，我也會覺得高興。既然在一起會越來越像，我很希望能繼續和可多樂一起生活。但是，我沒有把這句話說出來。

可多樂已經擬好了旅行計畫。他打算先去東京港，在那裡找一艘去舊金山的貨船，悄悄溜上去。日本和美國之間的貿易很繁榮，舊金山是很大的港都，可多樂說，一定很快就可以找到去舊金山的貨船。

「但是，你要怎麼溜上船呢？」

我很擔心這一點。即使悄悄溜上了船，萬一船還沒到舊金山就被人發現，可能會被丟進海裡。

「不必擔心，你忘了我很擅長和人類打交道嗎？我會找一個看起來心地善良的船員，請他把我帶上船。而且，船員都很迷信，不會在船上把貓丟進海裡的。」

我決定無論可多樂打算什麼時候出發，都要為他舉辦一場歡送會。我跑去和米克斯還有新朋友大魔頭商量這件事。

「什麼？他要去舊金山？他在想什麼啊？小魯，你沒有阻止他嗎？如果他去了美國，誰教我防身術？」

雖然米克斯反對可多樂去美國，但我告訴他：

「可多樂也有他自己的想法，我阻止也沒用。」
他終於接受了，「他有自己的想法」這句話的威力太驚人了。
「也對，虎哥一旦決定的事，無論別人說什麼，都阻止不了他。」米克斯最後無精打采的說，他的表情很落寞。
「好，既然決定了，一切都交給我吧！」
當我提出要為可多樂舉辦歡送會時，大魔頭便挺起胸膛對大家這麼說。如果是人類，在這種時候，應該會用力拍胸脯吧！
「不急著這一、兩天吧？那就等我下次吃牛肉大餐的時候。我不能離開這裡，所以，就請大家一起來這裡開牛排派對吧。」
我忘記說了，現在大可不必擔心可多樂不吃大魔頭的牛肉。上次大魔頭送我的牛肉，可多樂也吃得津津有味。當然我有事先告訴他，那是大魔頭送的。我記得當時可多樂說：

「老是把仇恨和憎恨放在心上，以後會後悔。」

可見當時可多樂已經決定去美國，他希望去美國之前和大魔頭和解。

因此，接下來就要等大魔頭的主人給他吃牛肉的日子。我每天傍晚都去大魔頭家打聽情況。

第五天傍晚，大魔頭滿臉喜色的對我說：

「我今天吃牛排，剛才主人告訴我了。我會把肉藏起來，假裝吃完了。天黑以後，記得叫大家一起來。」

10

歡送會和兩大驚訝

「接下來，由二十一世紀最偉大的天才貓歌手米克斯，為虎哥再獻上一曲。」

「等一下，你已經連續唱三首了，該輪到我唱了。」

米克斯唱完《米克斯開場曲》、《米克斯藍調》兩首歌，正打算唱第三首時，大魔頭表示抗議。

「你那個什麼《米克斯開場曲》和《米克斯藍調》根本

不是為虎哥唱的歌。」

「那兩首歌只是開嗓，接下來才是真正為虎哥唱的歌。這是我的招牌，你再忍耐一下，等我唱完了，就輪到你。」

「真受不了你，那接下來一定要換我唱喔。」大魔頭勉強答應了。

宴會正酣。我、米克斯、可多樂和大魔頭圍坐在水池旁，大口吃著分成四等分的牛排，之後便開始表演各自的拿手絕技。

「接下來，我要演唱《美國英雄之歌》，由二十一世紀最優秀的天才音樂家米克

斯作曲，再由二十一世紀最優秀的……」

「好了，知道你是二十一世紀最優秀的了，趕快唱吧！」大魔頭挖苦他。

「啊，米克斯，你好棒！我為你瘋狂！」我興奮的尖叫。

「那就獻醜了……啊，你看！是美國，是叢林！舊金山的中國城，有老虎，有大熊。衝啊！衝啊！虎哥！西部牛仔……」

米克斯唱的歌詞亂七八糟，根本是即興亂編的。哪有什麼叢林，他是不是把美國和非洲搞錯了？而且，根據我從動物圖鑑學

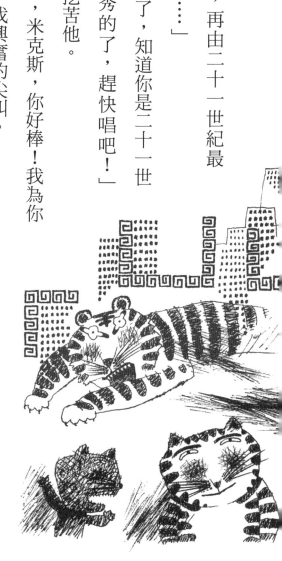

到的知識，美國沒有老虎。不過，這不重要，這種時候，只要開心就好。可多樂一臉心滿意足，瞇著眼睛聽米克斯唱歌。

米克斯唱完後坐了下來。

「對了，小魯，虎哥去美國之後，你有什麼打算？要回去岐阜嗎？」

其實，這陣子我一直在考慮這個問題。這裡有米克斯，我也和大魔頭變成了好朋友，在東京等可多樂回來也沒什麼不好。可是，想到理惠可能在為我擔心，又想回去岐阜看看。

我正打算把內心的想法說出來，可多樂卻搶先說：

「米克斯，你在胡說什麼啊？小魯當然要和我一起去美國，你連這件事都不知道嗎？」

我比米克斯更驚訝。

「小魯好像不打算馬上回岐阜，所以，我決定帶他一起去美國。米克斯，你要不要一起去？」

「我才不要去那麼遠的地方，你們不在的時候，我米克斯大人會照顧你們的地盤，你們就放心去吧！即使有凶悍的傢伙上門挑釁，只要我逃來這裡，大魔頭會保護我。」

「對呀！對呀！就交給我們吧！不管是狗還是狼，我一拳就可以把他們打倒，就像上次在堤防上那樣。即使老虎上門也不怕，如果你們不相信，現在馬上帶老虎來，老子會用下巴把他打得落花流水。」

大魔頭說完，扯著嗓子叫了一聲：

「汪嗡！」

「但是，先讓我唱一首歌。」大魔頭說完就唱起歌來。

我完全沒有想過自己也要去美國，所以腦袋一片混亂，但得知可多樂打算帶我同行，卻又高興得不得了。

我既驚訝，又高興，根本沒有認真聽大魔頭唱歌。不知道是什麼時候唱完的，唱完之後大魔頭說：

「怎麼樣？是不是被我美妙的歌喉嚇到了？但是，更精采的還在後頭呢！接下來才是我的拿手絕技，大家仔細看好了。」

他話剛說完，下一刻便跳進了水池。

可多樂嚇到了，我和米克斯也嚇一大跳。大家都知道大魔頭不會游泳，急忙衝到水池邊。

我們都以為大魔頭溺水了，沒想到他跳入水池後，很快的把頭露出水面，滿臉笑嘻嘻的。這個水池很深，大魔頭不可能在水裡站直身體。仔細一看，他的前腳在水中不停的划動，在水面上浮了一會兒，然後，輕輕鬆鬆繞著水池游了一圈。

「哈哈哈，嚇到你們了吧？這才是我真正的拿手絕技。上次中了你們的詭計，差一點淹死後，我開始偷偷練習游泳。雖然現在只會狗爬式，但比之前進步多了。以後我還要練習自由式和蝶式。」大魔頭爬出水池，抖著身體，甩掉身上的水，得意的對我們說。

今天晚上真是驚訝連連，我不禁目瞪口呆。

「輪到小魯了，在我之後表演，光是跳貓舞可不夠看喔。」

我心頭一驚，因為我原本真的打算跳貓舞。

「當然！貓跳貓舞有什麼好玩的，我要跳蛇舞，而且是美國的響尾蛇舞。」

雖然我這麼說，但我根本沒想過蛇舞要怎麼跳，只能試著模仿之前在江戶川看到的蛇的樣子，扭著身體亂跳一通了。

「那我就跳嘍！」說著，我開始跳起臨時想出來的蛇舞。

我只能扭著身體在地上爬，但因為大家心情都很好，即使看到這麼蠢的舞，也覺得很好玩。

接下來是可多樂和米克斯的防身術示範表演，表演完之後，米克斯又胡亂唱了好幾首歌。夜漸漸深了，大家都玩累了，可多樂向大家致詞道別。

「各位朋友，謝謝你們，我和魯道夫明天就要出發了，最晚明年五月會回來這裡。只是小別一年而已，一年的時光很快就過去了。」

米克斯前一刻還玩得不亦樂乎，聽到這番話，眼中泛起淚光。大魔頭也一臉難過的表情。

「等你們回來的時候，我就學會自由式和蝶式了，到時候，大家再來這裡舉辦慶功宴。」

聽到大魔頭這麼說，米克斯也破涕為笑的說：

「我也要學會蛇形架式。」

可多樂站了起來，我也跟著站起來。

「那我也要回家了，大魔頭，改天再來找你玩。」米克斯說。

我們三隻貓走到院子角落，輕輕一躍，跳上了水泥圍牆。

11

開高級車的男人和大胖貓

那是我們正打算從大魔頭家的圍牆跳到馬路上時的事。

「等一下，有車子來了。」

我順著可多樂的視線望去，看到一輛車子從商店街的相反方向緩緩駛來，車頭燈很刺眼。

「我們在這裡等一下，等車子開過去。」可多樂說完就坐在圍牆上。

從兩個車頭燈之間的距

離，可以看出車身很寬。
不一會兒，那輛車停在新房子前，熄了車頭燈。
我們站在原地，看到司機打開左側的車門走出來。
「方向盤在左側，是進口車。」
我炫耀著在交通工具圖鑑上學到的知識。眼前這輛車和在「高級車」那頁的車子一模一樣。
司機下車後，繞到車子的另一側，打開後車座的車門。車子剛好停在路燈下，可以清楚看到那個下車男人的樣子。不知道是否因為心理作用，我覺得他看起來就是一副有錢人的樣子，年紀大約在三十到四十歲之間。
「真不錯，什麼時候可以入住？」男人問司機。

「已經可以入住了，目前只剩院子外還沒有建圍牆，房子內部已經完全裝修完畢，家具也準備齊全了，水電瓦斯隨時都可以使用。」

「是嗎？」男人說著，看了一眼門上的門牌。

「怎麼會是『川上』？」男人納悶的問。

「對不起，這是工人的名字，他說在裝修完成之前，掛上自己的名字，會覺得是自己的家，工作起來更有幹勁，所以就讓他掛了這塊門牌。」

「工人會更有幹勁？也許是這樣沒錯，但是別人可能會搞錯……」男人摸著差不多和人類眼睛相同高度的門牌說。

「如果是郵差送信的問題，請不必擔心，工作方面的信全都會寄到事務所。而且，您住進這裡之後，會去通知郵局。」

「不，我不是說郵差……」

因為天色太暗，看不清楚男人的表情，但他看著門牌，似乎陷入了沉思。

「是不是有什麼不妥？」

司機站在男人身旁，一起看著門牌。

「不是，我是擔心在建造這棟房子時，我朋友會來這裡，如果他看到門牌上寫著『川上』，會覺得這裡不是我的房子……」

「喔喔，原來是這樣，因為之前沒想到董事長的朋友會過來看房子，才會犯這麼大的錯誤，真的非常抱歉。那就趕快聯絡這位朋友……」

男人看了司機一眼，又把視線移回門牌上。

「不，沒關係、沒關係，即使他來這裡，也不知道他認不認得『川上』這兩個字，只是我以為他認得字。」

「您的朋友不是日本人嗎？」

「不是日本人或是美國人的問題……」

「什麼？」

司機有點搞不清楚狀況。

「算了，沒關係，還是盡可能趕快換掉門牌。」男人說著，走向房子的玄關。

「咦？」

他正準備踏上玄關前的階梯，突然停下了腳步。

「這扇門和設計圖上不一樣。」

男人看著門的下方。

「對，因為門還來不及做好，所以先用這個代替……」

司機從口袋裡拿出鑰匙，插進鑰匙孔內說。

「不行，這可不行。門口寫著川上，門的下方也沒有小門，這麼一來，那傢伙……」

男人的話還沒說完，門就打開了。

「您說的『那傢伙』，是您的朋友嗎？」

聽到司機發問，男人點了點頭。司機似乎還是搞不清楚狀況，等待著男人進一步說明，但男人什麼也沒說，他只好解釋：

「對不起，下面加裝小門的門必須特別訂製，工廠臨時延誤了，再兩、三天就可以完成。」

說完，他率先走進房子，打開玄關的燈。

「可多樂，他好像就是要住在這裡的屋主……」我說完後，看著可多樂。

可多樂正張大眼睛，緊盯著玄關。

「那個司機是他的手下嗎？」我問。

可多樂沒有回答，他站在圍牆上一動也不動，表情很可怕。

「虎哥，你怎麼了？」

米克斯似乎也覺得可多樂不太對勁，直盯著可多樂看。

可多樂緊咬著嘴，似乎很緊張，連鬍鬚都豎起來了。

「喵嗚！」

可多樂突然叫了起來。

他叫得很大聲，我和米克斯都被嚇了一跳，忍不住往後退了幾步。

那個男人還沒有走進屋子，正看著門的下方，聽到聲音，轉過頭。

「喵嗚！」可多樂又叫了一聲。

男人看著我們的方向，但光線太暗了，他似乎看不清楚。

「喵嗚！」

當可多樂第三次大叫時，他終於確認了聲音的方向，發現我們站在圍牆上。他走下玄關的階梯，向我們走了兩、三步。然後停下腳步，歪著頭，目不轉睛的看著我們。

可多樂也注視著男人，我輪流來回看著男人和可多樂。

「喵嗚！」

可多樂發出第四聲貓叫時，從圍牆上跳了下去，留下一臉錯愕的我和米克斯。他緩緩走了兩、三步，隨後快速衝向男人。

「是虎哥嗎？」男人輕聲問道。

「喵嗚嗚嗚！」

「虎、虎哥！果然是你，你果然在等我。」

在男人說話的同時，可多樂飛撲進了他的懷裡。

「太好了，果然是你。你變胖了，太好了，我還在擔心，如果你離開這裡了，我都不知道該怎麼辦才好。」

男人緊緊抱住可多樂。

「真的太好了，如果你走了，這棟房子也白蓋了。這是我為了和你一起生活，特地建造的房子，門的下面還有專門為你設計的小門……」

男人讓可多樂的後腿搭在他的手臂上，另一隻手抱著可多樂的肩膀，在玄關前坐了下來。

「咦？難道他是虎哥的主人？」

米克斯把我心裡的話說出來了。

大魔頭不知道什麼時候走到圍牆下面。

「沒錯，聽聲音就知道是日野先生，我記得很清楚。原來他從美國回來了。」

聽到大魔頭這麼說，米克斯低頭問：

「他開的車子很高級，但虎哥的主人不是很窮嗎？」

「那是以前，他可能在美國發了大財。」

米克斯和大魔頭聊天時，男人抱著可多樂走進屋內，卻沒有把門關上。

不一會兒，屋內到處亮起了燈光。

「怎麼辦？」我問。

「去看看。」米克斯說完，從圍牆上跳了下來。

我們躡手躡腳的走到玄關，我探頭向屋內張望。走廊上鋪著亮閃閃的木質地板，走廊兩側都有門。我聽到屋內傳來聲音，是從左側第一道敞開的門內傳出來的。

「太好了。」、「我就知道你會等我。」、「你變胖了。」男人心情愉快的重複著這些話。

「你去附近的商店買一些貓罐頭回來，再買些酒，我們要好好慶祝。我今天晚上要住在這裡，啊，還要買牛奶。」

男人的話一說完，司機就從屋內跑了出來。我們轉身逃向院子，但還是被司機看到了，他對著屋內說：

「董事長！這裡有兩隻奇怪的貓……」

我們很快的逃到馬路旁，停下了腳步。

「我們哪裡奇怪了？要說奇怪，虎哥那麼胖，比我們奇怪多了。」米克斯抱怨著。

可多樂一聽到司機的聲音，便從屋內跑到玄關旁，男人也跟著他走了出來。

「小魯，米克斯，你們進來，他就是我的主人。」

可多樂對著我們大喊。

我和米克斯面面相覷，不知道該怎麼做才好，可多樂抬頭望著男人，喵嗚喵嗚的叫了起來。

「你說什麼？他們是你的朋友？是喔！是喔！那找他們一起來慶祝吧。」

男人向我們招手。

「米克斯，那個人聽得懂貓話嗎？」

「怎麼可能？只是亂猜的吧！但好像很好玩，我們去看看。」

米克斯率先走向玄關。

12

那天之後，以及寵物貓的問題

簡單來說，六年前，可多樂的主人到美國去以後，開了壽喜燒店，結果發了大財。他在舊金山辛苦工作了一段時間後，開了第一家店，由於生意興隆，所以分店一家接著一家開，目前在美國各地已經有十家分店。除了餐廳以外，他還開了進出口食物的貿易公司，同樣經營得有聲有色。

當年他只穿一件舊大衣，

搭上貨船，就去了美國。再度回到日本時，已經是一個有錢人了。這次回日本是要在東京開一家壽喜燒分店，他的貿易公司也要在東京設立一間事務所。接下來這段時間，經常會在日本和美國之間往返。

因此，他需要在東京找一個落腳的地方。雖然住在市中心的公寓更方便，但他特地回到這個東京郊區，就是希望能夠找到可多樂後，跟他一起生活。他想建造一棟有院子的房子，所以買了以前租屋的這片空地蓋了新房子。即使無法立刻找到可多樂，但他相信，只要住在這裡，只要雙方都活著，總有一天會再相見。

可多樂的主人日野先生，把可多樂當人一樣的傾訴著。

我決定叫可多樂的主人「日野先生」。原本考慮叫他日野哥哥或是日野叔叔，但他的年紀似乎不適合叫哥哥，叫叔叔又好像把他叫老了，所以乾脆不叫哥哥，也不叫叔叔。我發現大家都不喜歡被叫叔叔，就像可多樂一樣，明明已經是可以當叔叔的年紀了，卻不喜歡人家叫他叔叔。

那天晚上之後，我和可多樂離開了神社，搬進日野先生的家。玄關在三天之內，就換了一個下方有貓洞的門。除了日野先生的書房以外，這個家裡所有的門下方都有貓洞，我們可以自由進出每一個房間，但我們通常都在進入玄關左側的第一個房間，就是第一天晚上大肆慶祝時的客廳裡面滾來滾去。

日野先生和鄰居小川先生商量後，把兩棟房子之間的水泥圍牆換成了圍籬，費用都由日野先生支付。大魔頭也可以鑽過圍籬來日野先生家的院子，和我們一起玩。

「能夠在日野先生回來之前和好，我的運氣實在太好了。」

剛進入六月的某一天，我獨自躺在玄關的磁磚上，大魔頭像往常一樣來找我玩，他這麼對我說。

「為什麼？」我站了起來。

「如果等日野先生回來後才和好，虎哥會以為是因為他再度變成寵物貓，我才和他和好的啊！」

「寵物貓？喔，對喔！可多樂已經不是流浪貓了。對呀！如果他變成有錢人的寵物貓，你再和他來往，感覺很奇怪。」

我覺得大魔頭的話很有道理。

「你好像現在才發現，虎哥已經不是流浪貓了，你也不是。」

「我現在仍然是流浪貓啊！日野先生是可多樂的主人，又不是我的主人。」

聽到我的話，大魔頭露出「這傢伙到底在說什麼鬼話！」的表情。

「你最近照過鏡子嗎？你身上的黑毛無論怎麼看，都不像是流浪貓，一看就知道是受到精心照顧的寵物貓。」

聽到別人稱讚我的毛變漂亮，心裡不免有點得意，當時並沒有想太多。

日野先生很少在家。除了白天外出工作，晚上也經常不在家，這點和可多樂很像。於是，日野先生決定僱用一個幫傭做家事，同時照顧我們。

誠徵幫傭
年齡不拘，限愛貓人士。

有一天晚上，經常陪在日野先生身邊的司機，拿了幾張寫了以上內容的廣告，走去商店街。隔天是星期天，日野先生難得在家，玄關的門鈴響了。日野先生打開門，傳來一個熟悉的聲音。

「我在蕎麥麵店聽說有人在找幫傭，請問是你們家嗎？」

當時，我和可多樂正在客廳看電視，聽到這個聲音，立刻跑到玄關。

「咦？這不是阿虎和小黑嗎？你們怎麼會在這裡？」

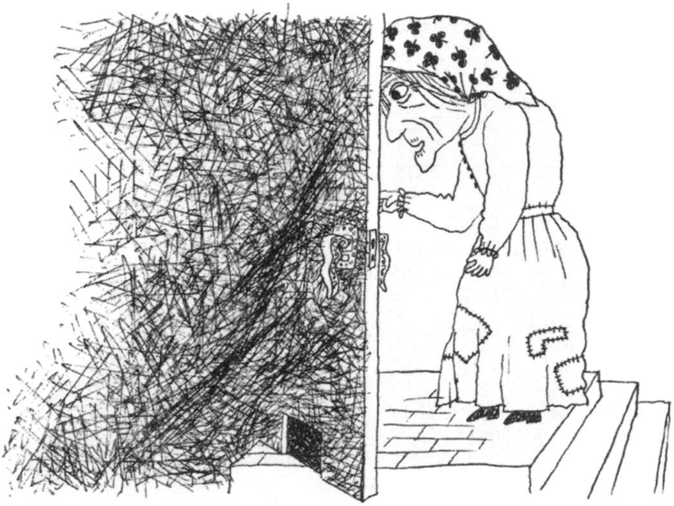

上門的就是我剛到東京時，以為是巫婆的老婆婆。在那之後，我差不多每隔十天或是一個星期，就會去老婆婆家吃小魚乾或是其他晒乾的海鮮。

當日野先生得知我們認識老婆婆，以及他在美國期間，老婆婆曾經照顧我們，當場就錄用了老婆婆。

「我這裡的工作很簡單，除了打掃家裡，只要為貓準備食物就好。另外，也要幫忙看家。」

聽說烏鴉的英語是「crow」，因為

我和烏鴉的顏色相同，所以日野先生就叫我「crow」。老婆婆之前就叫我小黑，發音和英文的「crow」很像(注)。老婆婆不懂英文，以為日野先生也叫我「小黑」。日野先生覺得向老婆婆解釋很麻煩，所以也懶得去糾正她。於是，日野先生用英文叫我「烏鴉」，老婆婆則繼續叫我「小黑」。

對我來說，我的名字叫魯道夫，既不是烏鴉，也不是小黑，但名字只是用來叫的，不管是烏鴉還是小黑，只要聽到有人叫，我都會回一聲「喵嗚」。

即使知道可多樂的名字叫虎哥，老婆婆仍然堅持叫他阿虎，叫習慣的名字很難再改口。

每天上午九點，老婆婆就會來日野先生家打掃，並為我們準備食物。日野先生在家時，也會為他做早餐。日野先生晚上很晚回家，早上也很晚才起床。老婆婆九點上門時，日野先生還在睡覺，所以，老婆婆都是自己用鑰匙開門進來。

我這一陣子吃得很營養，而且，老婆婆每天都幫我們梳毛，我身上的毛油油亮亮的。

「好像山賊突然變成了國王和王子。」米克斯也這麼說。

他只要來日野先生家裡玩，老婆婆就會抓住他，幫他梳毛。

「雖然去你們家玩可以吃到好東西，但我好怕被梳毛。」

米克斯雖然是寵物貓，卻不喜歡梳毛。

現在每天吃美食，有人梳毛，晚上可以在房間內安穩的睡覺，和神社地板下的生活大相逕庭。

過沒多久，又到了盛夏的季節。我一大早就去小學，因為學校正在放暑假，沒有學生上課。日野先生家的書雖然多，但我都看不懂，還是小學教室裡的書最適合我。

我鑽過大門的鐵柵欄，走去操場。

看到了，看到了！無論是樹木的陰影下還是操場上，都有我要找的東西。今天來學校，除了看教室的書以外，還有另外一個目的，就是抓麻雀。

磚牆旁有又高又粗的樹木和低矮的小樹，那裡是抓麻雀的好地方。我可以躲在粗大的樹幹後，瞄準停在小樹上的麻雀。只要用這個方法，幾乎是百發百中。

我輕輕的繞到大樹後，一動也不動的屏息等待。

早晨的風吹得我耳朵癢癢的。

啾、啾啾啾。

來了，來了。一隻麻雀停在矮樹上。

等一下，再等一下，要等他飛到更低的樹枝上。

啾、啾、啾啾啾……

就是現在！

我跳了起來，伸出右前腳的爪子。

啪滋、斯嚓、咚沙……我用力一擊！當我落地的同時，麻雀應該也會一起掉下來才對。但是，卻只有我落地。

啪沙、啪沙、啪沙……

麻雀飛走了，我仰頭看著逃走的麻雀，身後傳來一個聲音。

「退步得不像話！」

是可多樂，他不知道什麼時候來到我身旁。

「怎麼是你？嚇死人了，你什麼時候來的？」

「不要問我什麼時候來的，你剛才太差勁了，速度太慢，而且也跳得太低。」

沒錯，可多樂說得對，我以前從來沒有失手過。

「你是不是太缺乏運動了？而且，這陣子好像發胖了。」

仔細想一下，發現可多樂又說對了。我每天吃香喝辣，吃飽就在家裡滾來滾去，但可多樂接下來說的那句話讓我更受打擊。

「之前不是有河對岸的什麼龍虎三兄弟找上門嗎？你的身體和他們越來越像了。」

那時候，可多樂對我說，他們身上的肌肉不是肌肉，而是贅肉。難道我的肌肉也變成贅肉了嗎？

「總之，你最好養成運動的習慣。我和米克斯平時在神社練防身術，你要不要一起參加？可是……」

「可是什麼？」

「你好像不太適合防身術，而且，一旦你學會了，到處亂用也很傷腦筋。我經常叮嚀米克斯這件事，但寵物貓精力沒地方用，很喜歡沒事找人打架。」

寵物貓？上次大魔頭也說我是寵物貓，學不學防身術不重要，但「寵物貓」這三個字讓我覺得渾身不自在。

「我是寵物貓嗎？」

「應該算是吧！你和人類住在一起，不用每天為食物發愁。」

不管是寵物貓還是流浪貓，我都是我，照理說這個問題根本不重要，但我還是很在意自己變成寵物貓這件事。

「你哪有資格說我，你現在也是寵物貓啊！」

「對呀！」

沒想到可多樂回答得很乾脆。

「你說得很輕鬆嘛！我還以為你對身為流浪貓感到自豪呢！」

我原本想挖苦他，沒想到他完全不在意，反而輕鬆的問我：

「為什麼？」

「寵物貓不是人類的手下嗎？飼主的『主』就是主人的『主』，既然飼主是主人，我們不就是他們的小弟和手下嗎？你不是不喜歡當別人的小弟或手下嗎？」

我以為這樣說一定可以激怒可多樂，但他仍然一臉平靜。

「不是你說的那樣。雖然我吃他給我的食物，但他從來不會命令我做任何事。飼主的『主』的確和主人的『主』同一個字，但只是字一樣，意義可不一樣。我和他的關係，和你我的關係一樣，都是朋友，就這麼簡單！」

可多樂的話也有道理，日野先生從來不會命令他做任何事。雖然事實的確是這樣，但我覺得他的理由很牽強。

「但是，當了人類的寵物貓，就覺得好像是人類的手下。」

「你要這麼想是你的自由，但我可不是他的手下。如果被人飼養，就變成了他的手下，那你現在每天吃他的、用他的，他就是你的老大嗎？這樣你不就變成有兩個老大了？」

「兩個老大？還有一個是你嗎？」

「開什麼玩笑？我怎麼可能是你的老大？你的另一個老大是岐阜的理惠。」

可多樂只是隨意提起這件事，但我聽了卻很受打擊。沒錯，問題就在這裡，就是因為這樣，我才不願意變成日野先生飼養的貓。

那時候，我終於發現，可多樂說出了我的心聲。如果主人等於老大，日野先生變成我的主人，我就有兩個老大。因為，我至今仍然覺得理惠是我的主人，有兩個主人就代表有兩個老大，這樣好像腳踏兩條船。

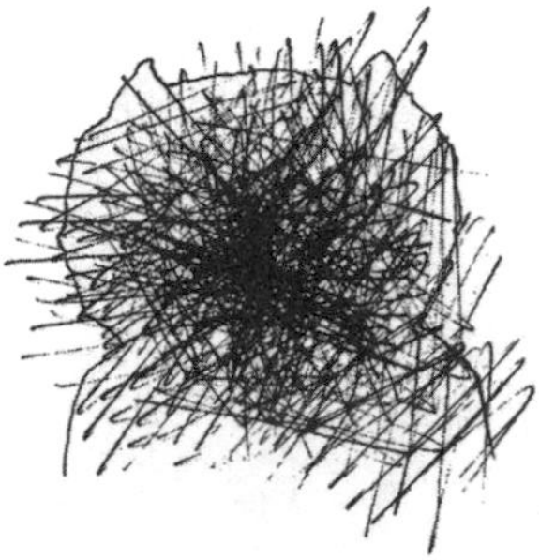

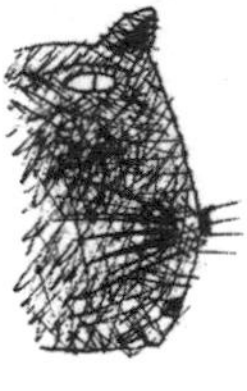

不光是這個問題，我一下子搞懂了以前一直沒有想通的事。

我剛才說，我以為可多樂對身為流浪貓感到自豪，其實可能是我自己對身為流浪貓感到自豪。理惠是我的主人，至今我仍然認為她是我的主人。但我來到東京後，已經當了一年多的流浪貓，雖然會吃人類餵食的食物，但最終必須學會保護自己，靠自己生存。經歷了這段生活後，我漸漸對這樣的自己感到驕傲。

「你怎麼了？為什麼露出這樣的表情？」

可多樂看著我陷入沉思的模樣，似乎有點擔心。

「不，我沒事。」

我冷冷的回答後走向校門口，把可多樂一個人留在操場。

注：黑色（くろ）的日文發音近似英文的烏鴉（crow）。

13

我也有我的想法

喀沙。

我剛睡著，就聽到了一聲動靜。

神社地板下的入口很窄，比貓更大的動物是擠不進來的，很適合流浪貓居住，但，因為其他貓也可以進來，所以也稱不上是絕對的安全。

喀沙。

不是我神經緊張，的確有誰進來了！

我猛然站起，渾身緊繃。

神社的燈光底下，浮現一張貓臉的輪廓。

「是我，是我啦！」

「米克斯，怎麼是你呀？」

我鬆了一口氣，坐回地上。

「我不能來嗎？你到底怎麼了？」

「什麼怎麼了？」

我大概猜到米克斯想要說什麼，卻故意裝糊塗。

「聽說你這一陣子不在日野先生家睡覺，每天都回來這裡，所以我來看看你。怎麼了？和虎哥吵架了嗎？」

「我們才沒有吵架。」

「那又是為什麼？你在日野先生家不愁吃，睡覺的地方也比這裡舒服多了。難道有什麼原因不能留在那裡嗎？」

「哪裡有什麼原因。」

「那到底是為什麼？」

米克斯的態度不像是在嘲笑我，而是真的為我擔心。

「我不會干涉你在哪裡睡覺，但你既然當了寵物貓，就沒必要再過這種像流浪貓一樣的生活吧。」

「我也有我的想法……」

「什麼叫你也有你的想法，別說大話了。那好吧！你就把你的想法說出來聽一聽。」

米克斯在我對面坐了下來。我也正想和別人聊一聊我的心情。雖然我之前和可多樂聊過，但我跟他對寵物貓和流浪貓的看法從根本上就有差異，所以聊不出什麼結果。

「米克斯，你是寵物貓，我接下來說的話，你聽起來可能會不太舒服……」

說到這裡，我停了下來，沒有繼續說下去。

「你是想說，寵物貓是人類的手下，對吧？」

沒想到米克斯搶先把我的想法說了出來。

「剛才，我去找虎哥，他告訴我說，你可能是因為這個原因才離家出走的。」

可多樂一定也在為我擔心，我突然覺得自己的行為太任性、太自私了。

「我雖然是寵物貓，卻從來不覺得自己是人類的手下。我似乎能夠理解你的想法，也不知道人類是怎麼看我們的，但的確不能因為吃人類給我們的食物，和人類住在一起，就覺得自己變成了人類的手下。我們又不是聽人類的命令過日子，這就是大家說的共存共榮吧！」

「『共存共榮』是什麼意思？」

「就是住在一起，彼此都過得更好。我家老闆和商店街的人聊天時，經常提到這句話。」

「是喔，共存共榮……」

可多樂曾經告訴我，以前有很多老鼠，很多人為了抓老鼠而養貓。在那個時代，貓和人類或許真的是共存共榮，但現在很少

看到老鼠了。

「人類為什麼要養貓呢？貓對人類根本沒有幫助啊！」

「這我就不知道了，一定是人類怕寂寞吧。好了，話說完了，我也差不多該回家了。」

米克斯站了起來，快走到出口時，回頭對我說：

「小魯，你要不要回去岐阜一趟？其實……」

米克斯說到這裡，又走回我身邊。

「其實這是虎哥拜託我的，因為他擔心聽起來像是要趕你走，不好意思直接對你說，所以叫我來跟你說……」

「可多樂叫我回去岐阜嗎？」

「不是叫你回去啦！虎哥並不是覺得你在這裡礙事，你應該懂他的意思吧？」

我點了點頭。

「你心裡一直認為理惠才是你的主人，所以住在日野先生家心裡就有疙瘩，覺得過流浪貓的生活也不錯，才會去想什麼寵物貓、流浪貓這些奇怪的問題。雖然這些話是虎哥說的，但我也覺得他說得有道理。」

我低頭不發一語。

米克斯繼續說：「如果你回去岐阜，我和虎哥都會覺得很寂寞，但是，如果你心裡有疙瘩，繼續留在東京也很難過吧？」

米克斯探頭看我的表情，我們都沒有說話。

「你剛才說，你有你的想法，我也覺得你應該好好考慮一下回岐阜的事。」

米克斯說完這句話就轉身離開，我對著他的背影說：

「好，我會考慮的。」

說這句話的時候，我已經打定主意要回岐阜。

14

獨自一人的畢業旅行

「想來想去，搭載貨火車是唯一的方法。」可多樂說，我和米克斯都跟著點頭。我們三個在日野先生家的客廳看著地圖，討論了兩個小時。

「但是，載貨火車的車頭上並不會寫要去哪裡。」米克斯不安的說。

「關鍵在於有沒有決心，日本是一大片陸地，只要有決心，即使走路也可以到。」

聽到我的回答，他們都嘆了一口氣。他們嘆氣有理，因為從這裡到岐阜，至少有四百公里，即使一天走二十公里，也要走二十天才能回到家。

「既然小魯有這份決心，那就輕鬆多了。」可多樂說。

但米克斯立刻插嘴反駁：

「是嗎？我覺得沒那麼輕鬆，之前我曾經沿著鐵軌走到下一個車站，想知道到底有多遠。末班車之後，我在半夜走啊走，沒想到走了半天都沒有走到。」

「米克斯，你誤會我的意思了。我是說，討論這件事會變得很輕鬆，並不是說做起來輕鬆。而且，那是你根本沒有決心，才會覺得就算只走到下一站，也累死人。」

「喔，虎哥，你真敢說啊！那你自己去走走看。既然你這麼厲害，那你晚上就從這個車站走去終點站，再走回來看看。」

「笨蛋，我為什麼要做這種事？」

「只要有決心，這點小事難不倒你呀！」

「即使有決心，有些事做得到，有些事再怎麼樣也做不到。」

「看吧，你也做不到嘛！」

「混蛋！你說什麼？」

可多樂正打算撲向米克斯，我大聲制止他們。

「別鬧了！這個問題根本不重要！你們有沒有認真在想啊？」

「對不起、對不起，我當然有認真在想，很認真的想，但米克斯這傢伙亂說話。不，我的想法是這樣……」

可多樂的想法是，如果各種方法都行不通，只能走幾百公里回家的話，有一個好方法，就是走東名高速公路。只要沿著東名高速公路一直走，可以走到愛知縣的一宮，沿途都不會迷路。從東京走到一宮大約三百六十公里，然後再沿著二十二號國道往北走十幾公里，就可以到岐阜市。

「問題在於要怎麼走到東名高速公路上。首都高速公路七號線在南邊，從這裡過去並不遠，不過，那可是高架道路，貓走在路肩很奇怪。」

我一邊聽可多樂的解釋，一邊想起剛到東京時的情況。在貨車駛入街上的普通道路前，應該就是行駛在首都高速公路的七號線上。的確，那裡不適合貓走。東名高速公路應該就是我醒來時，貨車行駛的那條路。但那裡的車道很寬，走在路肩時，不太會被車子輾到。

「所以，只要能到東名高速公路，接下來就沒問題嘍？那太簡單了！」米克斯插嘴說。

「喔，你說太簡單，難道有什麼好主意嗎？」

「不只是有好主意而已，而且包君滿意，這絕對是錦囊妙計！你們也知道，我家開五金行……」

米克斯說出了他的錦囊妙計。米克斯家除了做五金生意，還賣陶器，所以陶器批發商每個月二十日都會從神奈川縣的厚木送貨到米克斯家。

「那個批發商跟我家老闆是老朋友。來我家時，有時候會順便吃了晚餐再走，經常聽他說：『今天東名塞車很嚴重。』，所以，只要躲進他的貨車，就可以到厚木了，雖然他的車不太漂亮。」

「厚木在這裡，批發商的貨車應該會從這個交流道下去，可以趁車子經過收費站停車時跳下車，轉搭其他去名古屋的貨車。連續轉幾次車，就可以到一宮，不必全程都用走的。」

可多樂邊說邊指地圖上東名高速公路穿越相模川的地方。

「小魯，就這麼決定了！這趟旅程是你的畢業旅行，只要去程沒問題，回程也一定沒問題的。我可多樂老師會把你安全送到岐阜的，你就放一百個心吧！」

「可多樂，我很高興你的這份心意……」我有點吞吞吐吐。

「既然你覺得高興，就盡情的開心吧！你是全世界第一個不是跟著人類，而是靠自己從岐阜到東京，又從東京到岐阜的貓。相反的，我是全世界第一個從東京到岐阜，再從岐阜回東京的貓，真是太痛快了！」

「可多樂，我很感激你打算陪我回去的心意，但我想靠自己的力量回去……」

我不知道該怎麼形容可多樂當時的表情，他瞪大了眼睛，張大嘴巴，看著我說不出話。這應該就是所謂的驚愕吧！

「你不必那麼驚訝，我來東京後跟著你學會了很多事，所以，我真的很感激你。當然，也很感謝米克斯和我當朋友。但我想要嘗試一下，自己到底有多少能力。」

「但、但是，如果你自己回去，我們會擔心你到底有沒有平

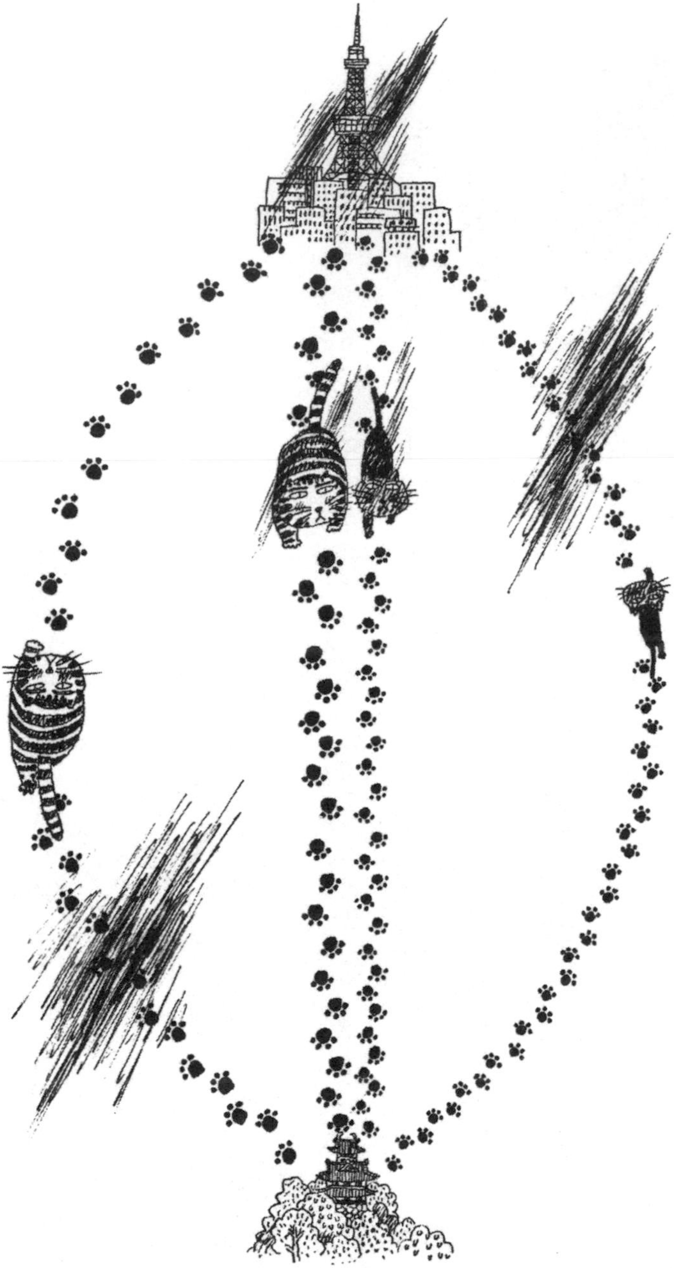

安到家。米克斯，你說對不對？」可多樂尋求米克斯的認同。

「對呀！小魯，我也覺得讓虎哥送你回去比較好。」

「那可多樂自己從岐阜回東京時，我不是也會擔心嗎？」

聽到我這麼說，可多樂立刻反駁：「我已經成年了，不會有問題啦！」

我沒有等他說完，就堅定的打斷他：「我也已經成年了。可多樂，你剛才不是還說這是我的畢業旅行嗎？畢業旅行不就是要紀念這段學習告一個段落，也代表我已經長大了嗎？所以，必須在這次旅行中證明我長大了。為了證明這一點，我得獨自回去。」

「話是沒錯啦，但是你……」

可多樂還想說什麼，我亮出了最後的王牌。

「可多樂，難道說，這將近一年半的時間，你教我的都是沒用的東西嗎？這一年半以來，你教了我那麼多，難道你覺得我連自己去旅行也做不到嗎？」

「我沒這麼說……」

「虎哥，我看就讓小魯按他的意思去做吧！別擔心，小魯靠自己的能力也可以回去的。」

聽到米克斯也這麼說，可多樂終於同意讓我自己回去。

那是八月十五日的事。接下來的四天，我把神奈川縣、靜岡縣、愛知縣和岐阜縣的地理位置牢牢記在腦海，以免半途迷路。

八月十九日晚上，可多樂、米克斯和大魔頭為我舉辦了像上次那樣的歡送會。在大魔頭和米克斯搶著唱歌後，可多樂和大魔頭表演了《浦島太郎》的節目。聽說為了表演這個節目，他們花了三天的時間密集練習，可多樂好幾次都差一點掉進水裡，大魔頭每次都咬著他的脖子，把他救上岸。

而所謂「浦島太郎的節目」，就是大魔頭背著可多樂，在水池裡來回游泳。可多樂是浦島太郎，大魔頭是烏龜。說實話，聽他們解說之前，我根本不知道浦島太郎的故事，即使他們說要表演浦島太郎，我也完全搞不清楚狀況，還以為是浦島太郎這個人掉進海裡了。

現在回想起他們的表演，都忍不住要笑出來。因為無論怎麼看，都不像是烏龜背著漁夫在海裡游泳，倒像是船員在沉船後，抱著大木桶在海上漂流。

看了這個表演，我深信可多樂和大魔頭真心和好了，也放了一百個心。如果可多樂不是發自內心的相信大魔頭，根本不可能和他一起練習這個節目。

二十日晚上，趁陶器批發商的老闆在五金行吃晚餐的時候，我跳上小型貨車的載貨臺。貨車上有車篷，批發商老闆從店裡走出來之前，我就和可多樂、米克斯在載貨臺上聊天。

米克斯抓麻雀的技巧不如我，我手舞足蹈的把抓麻雀訣竅傳授給他。其實，抓麻雀訣竅一點都不重要，但如果不聊這些，我心裡會很難過，怕一聊起往事，就會忍不住哭出來。

批發商老闆坐上駕駛座，關了車門後開始發動引擎。可多樂和米克斯依依不捨的跳下載貨臺。

「可多樂、米克斯，非常謝謝你們這段日子的照顧，我要回岐阜了。」

他們在路旁仰頭看著我，我努力振作精神向他們道別。

「這輩子可能再也見不到你了。」米克斯的聲音帶著哭腔。

「但我倒覺得還可以見到小魯，以後的事誰知道呢？」

最後，可多樂轉頭看著我說：

「小魯，多保重。」

就在這時，貨車漸漸開了出去。

「你們也要保重！」我很有精神的大聲對他們說，以免被貨車的引擎聲蓋過去。

人類在這種時候應該會揮手吧！

15

貓左衛門去探視生病的蔬果店叔叔

貨車開了二十分鐘左右，來到一個很陡的坡道，進入首都高速公路七號線。我從車篷的縫隙探出頭，可以清楚看到外面的風景，可惜看不到前面。我看著對向車道，發現上面不時出現出口的標誌。我們這裡的車道應該也有相同的標誌，只是我從貨車後面看不到，即使從標誌下面經過，也只能看到背面。

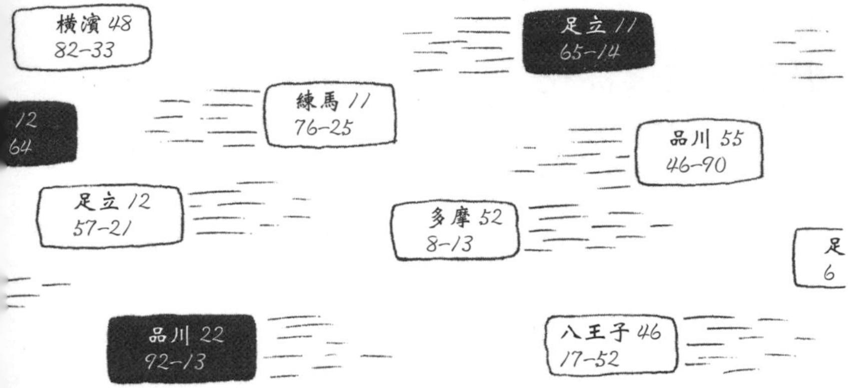

貨車在經過像一道門的建築物時，停了下來，然後又筆直的往前行駛。那裡是收費站。

貨車的載貨臺很高，可以清楚看到夜景，紅紅綠綠的霓虹燈好漂亮。這是最後一次看東京，我要好好看清楚。

車子在直線道路上行駛一段時間後，又連續轉了好幾次彎。已經九點多了，很多大樓還亮著燈。

之後，幾乎都是直線道路，來到一個比剛才更大的收費站時，貨車再度停

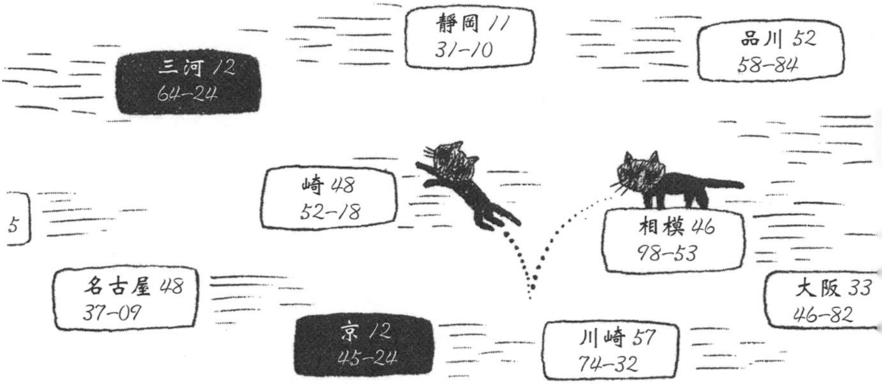

了下來，是東名高速公路。只要沿著這條路一直往前，就可以到岐阜附近。

貨車又開了一陣子，經過兩個交流道後，我在對向車道看到了橫濱的標誌。這麼說，剛才經過的是橫濱交流道，下一個就是厚木交流道。我之前看地圖時，把東名高速公路的交流道名字都記了下來。

陶器批發商的貨車不新，應該說已經很舊了，行駛時會發出嗡嗡的噪音，速度也很慢。雖然我偷搭別人的便車，不應該說這種話，但還沒有載貨就開得這麼費力，如果載了貨，還跑得動嗎？我從車篷縫隙往外張望，看到其他車子不斷超越我們。那些超越我們的車子上，有各式各樣的車牌。

剛上高速公路時，大部分都是「足立」、「品川」或是「練馬」的車牌。進入東名高速公路後，「多摩」和「川崎」的車牌越來越多，「足立」慢慢變少，有時候也會看到「橫濱」和「相模」。那些地名應該代表車主居住的地區。

偶爾也會看到「名古屋」或是「大阪」的車牌。不知道「三河」是哪裡的車牌？有一個叫三河灣的地方，難道是從愛知縣附近來的車子？

岐阜車子的車牌上會寫「岐阜」嗎？我目前為止還沒看到任

何岐阜的車子……

對了！我在厚木下車後，可以改搭岐阜車牌的車子。岐阜的車子從一宮的交流道下去，沿著國道二十二號線往北行駛的機率相當高！

我剛到東京時，不要說車牌上的國字，就連阿拉伯數字也看不懂。沒想到這段時間我真的進步神速！回到岐阜後，我可以繼續讀書，只是不會有像可多樂一樣的老師，也不知道能不能順利潛入小學的教室。想到這裡，就有點不安。話說回來，決心最重要，只要下定決心做一件事，一定可以成功。

正當我想著這些事時，貨車向左一偏，放慢了速度。道路突然變得明亮起來。

是厚木交流道。我趁陶器批發商老闆付過路費時，從載貨臺上跳了下來，然後小心翼翼的跑向高速公路的入口，以免被車子輾到。入口的收費站前排了好幾輛準備進入東名高速公路的車。

我躲在收費亭後面，想找載貨臺四周不是金屬，而是用車篷圍起來的出城貨車，最好是岐阜的車牌，這種貨車最理想。但是，真的會有完全符合我要求的貨車嗎？

行駛在東名高速公路上的長途貨車大多是大貨車，而且載貨臺周圍都用金屬圍起來，通常都會鎖上門，無法跳上載貨臺。

有一輛掛著「岐」車牌的廂型車駛過收費站。「岐」是代表岐阜的意思嗎？如果是有車篷的貨車就好了，不，即使沒有車篷也沒有關係，只要是載貨臺低一點的貨車就好。

等了大約一個小時左右，沒有等到任何一輛有車篷的岐阜車牌貨車。我決定放棄岐阜車牌，只要是出城的貨車就好。

剛才有一輛「沼津」車牌的小貨車，早知道應該跳上去。已經半夜了，我的肚子也餓了⋯⋯

大貨車、小客車、廂型車、大貨車、遊覽車、小客車⋯⋯都是一些派不上用場的車子，好幾輛車子都在收費站領了卡片就開走了。

傾倒車的載貨臺太高了，我跳不上去⋯⋯

看著一輛傾倒車經過收費站，領取了卡片。我露出忿恨的眼神仰望著駕駛座，司機是一個頭上綁了頭巾的年輕人。他從收費站大叔手上接過卡片，準備握方向盤時，和我眼神交會。

「啊，有貓！」

司機從車窗探出頭，收費站的大叔也從收費亭探出身體看著我的方向。

「先生，這隻貓是你的嗎？」司機用手指著我。

「以前沒見過，應該是流浪貓吧？」

收費站的大叔說完，把頭縮了回去。

司機問我：「你怎麼了？想搭便車嗎？」

我回答一聲：「喵嗚。」

「是嗎？原來你想搭便車。你要去哪裡？什麼？濱松，我剛好順路。上車吧！上車吧！」

年輕司機擅自決定我要去濱松，打開了傾倒車的車門。

濱松在靜岡縣的西方，一旦到了濱松，離岐阜就不遠了。我跑了過去，踩在傾倒車的階梯上，跳上駕駛座。傾倒車的司機很健談，一路上和我聊了很多事。無論我回答什麼，聽在人類的耳朵裡都覺得只是「喵嗚」了一聲，所以，司機會憑自己的感覺判斷我的回答。比方說，就像以下這樣——

「你叫什麼名字？」

「喵嗚。」

「什麼？你叫貓左衛門？怎麼會取這麼老派的名字？你去濱松幹什麼？」

「喵嗚。」

「什麼？要去看生病的叔叔？真貼心，你叔叔做什麼生意？」

「喵嗚。」

「開蔬果店嗎？也對，如果開魚店就慘了。貓開魚店，就好像叫我去開酒店，原本要拿來做生意的商品，全都被自己吃光了，哈哈哈……」

總之，他擅自決定我要去濱松探視開蔬果店的叔叔。不過，對我來說，只要能靠近岐阜就好，不管是去探視開蔬果店的叔叔，還是開花店的阿姨都無所謂。

傾倒車大哥哥拿吃剩的魚板給我，暫時解除了我的飢餓。

車子開了兩個半小時才到濱松交流道，他付了過路費後，把車子停了下來。

「貓左衛門，我在這裡的工作結束要回厚木了，你有什麼打算？要去看生病的叔叔？還是和我一起回厚木？」說著，他打開了車門。

我好不容易到了這裡，怎麼可能跟他回厚木？

「喵嗚。」

我向他道謝後，跳下駕駛座。

「是嗎？那代我向你叔叔問好。」

傾倒車大哥哥說完，就把車子開走了。

16

樂中有苦，苦中有樂

我像之前在厚木交流道時一樣，躲在濱松交流道的收費亭後面，等待可以搭的便車。差不多已經半夜三點了，經過收費站的車子也稀稀落落。

總之，從東京到岐阜的路程我已經走了超過一半，一切都很順利，希望接下來也能一路順風。

可多樂和米克斯不知道在幹什麼，他們一定很擔心我。

正當我在想這些事的時候，一輛發出很大聲響的小貨車駛入收費站。是名古屋的車牌。

真是老天保佑！我趁司機領取卡片時，繞到車後，跳上了載貨臺。

車子出發後，我才發現這是一輛破車。載貨臺的鐵皮很粗糙，引擎的聲音也震耳欲聾，比陶器批發商的那輛貨車更破舊。

好慢！車子開得太慢了，其他車子一輛又一輛的超車，從後面追上來的車子因為一下子靠得太近，忍不住緊急煞車，甚至有車子對著我們「叭、叭」猛按喇叭，拚命閃車頭燈。

開得這麼慢，有必要走高速公路嗎？雖然車子在行駛，但以目前的速度，我即使跳車也不會受傷。

速度慢還可以忍受，更惱人的是噪音。引擎一直發出奇怪的聲音，一連串「咚嘎砰、咚嘎啪嘎啪嘎」的聲音，還以為是什麼東西爆炸了，排氣管不停的吐出白煙，有時還會隨著「砰嘎」的聲音，噴出火星。

最讓我難以忍受的就是震動。車身不停用力搖晃，我根本無法在載貨臺上站穩。貨車沒有安裝車篷，我隨時都可能被拋出去。載貨臺上沒有放任何東西，這也難怪，如果用這種貨車裝貨，任何貨物都會被震得七零八落。不過，有車搭總比走路好。我這麼自我安慰，告訴自己要忍耐。

再破爛的貨車也比走路快。車子開了一陣子後，我終於體會到這一點。

引擎沿途不斷發出的「咚嘎啪嘎」呻吟，漸漸變成了「噗咻咻」的無力聲音，貨車搖搖晃晃的停到路肩不動了。

隨著開門聲，司機下了車，好像在車頭前敲敲打打。他不可能停車在這種地方休息，一定是發生了故障。

無論如何，在引擎再度發動以前，貨車都動不了了。萬一司機走到後面看到我，可能會把引擎故障怪罪到我頭上，到時候不知道會對我下什麼毒手。於是，我決定先跳下載貨臺。

我當然不可能躲在隨時可能爆炸的貨車下，只好躲進路旁的草叢觀察情況。

司機把載貨臺前的駕駛座往前倒放，引擎好像在駕駛座的下方。司機拿著手電筒，把頭伸到座位下方看了半天，最後決定放棄。他嘆了一口氣，沿著路肩走了起來，八成是跑去打電話了。

司機離開後，我去看了一下引擎，但是光線太暗，什麼都看不清楚，只聞到一股燒焦味。

二十分鐘左右，司機回來了，我再度躲進草叢。不一會兒，一輛卡車閃著黃色的燈駛來，車子後面垂著好像起重機一樣的鐵臂，前端還有掛鉤。

那是拖吊車。我之前在交通工具圖鑑上看過。

身穿工作服的年輕男人下了車，和破貨車的司機聊了幾句後，從車上拿出工具開始修理。

「修不好。」修了一會兒，身穿工作服的人說，然後用掛鉤把貨車連在拖吊車上。

貨車的車頭被抬了起來，他們打算把貨車拖走。

怎麼辦？車頭已經被抬起來，載貨臺向後傾斜，坐在上面很危險。看來只能跳到拖吊車的載貨臺上。看到穿工作服的男人坐上駕駛座，小貨車司機也坐在副駕駛座上後，我從草叢裡衝了出來。但是，當我溜到兩輛車之間，正準備跳上拖吊車的載貨臺時，掛鉤發出「嘎」的一聲，拖吊車開走了，我根本來不及跳上去，只看到一片黑壓壓的東西蓋過我的頭頂，我趕緊縮成一團，連結在掛鉤上的小貨車後輪從我身旁經過。

當我抬起頭時，拖吊車像來的時候一樣，閃著黃色的燈，拖著拋錨的小貨車開遠了。

不可能有車子在這裡停下來，接下來只能靠自己的腳了。

我不知道從濱松交流道到這裡到底有多遠，雖然覺得好像開了很久，但是那輛小貨車開得很慢，搞不好根本沒開多遠。

我在腦海中翻開地圖，濱松交流道之後是濱松西交流道。我該回去濱松交流道找其他車子嗎？那裡可能離濱松比較近。

不，我應該繼續往西走。當初離開東京時，就已經做了走路回家的最壞打算，我應該往岐阜的方向走。只要多走一步，就離岐阜近一步，於是我邁開步伐，在高速公路的路肩往西走。

走了不到十分鐘，天空微微泛白。天快亮了。我繼續往前走，天色越來越亮，但雲很多，太陽沒有露臉。我很喜歡看日出。日出的時候，忍著刺眼的光線，看著太陽慢慢升起，就會覺得渾身充滿力量。

對向車道的車子，和超越我的車子都漸漸熄了車頭燈。我從昨天開始就幾乎沒睡覺，肚子也有點餓了，根本沒有心情欣賞風景，只顧著不斷的一直往西走。

當我看到「濱松西兩公里」的標誌時，天色已經大亮，沒有車子開車燈了。到了濱松西交流道，不知道能不能順利找到適合搭便車的貨車。天已經亮了，我躲在收費亭後面，不知道會不會被收費員趕走。

車子一輛接著一輛駛過我的前方，剛才幾乎只看到大貨車，天色大亮後，小客車的數量漸漸多了起來。

終於看到濱松西的出口標誌了。有車子轉入左側車道，離開了高速公路。

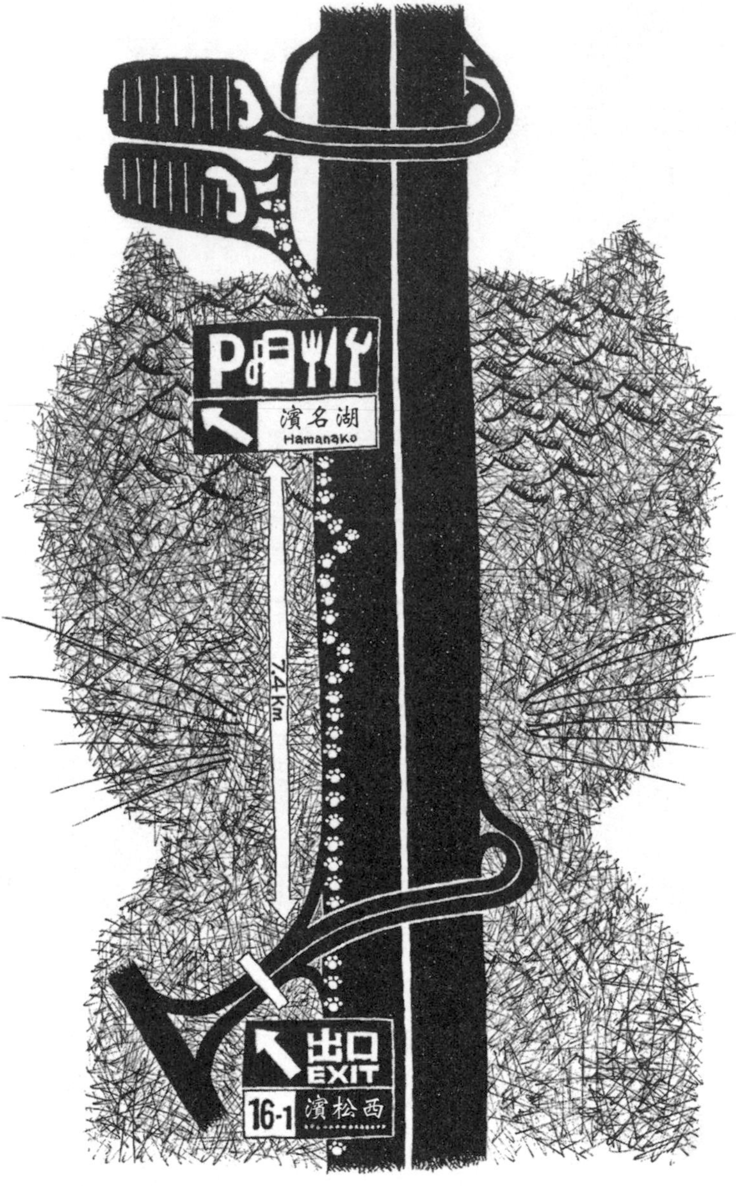
P
濱名湖
Hamanako
7.4 km
出口
EXIT
16-1
濱松西

我來到東名高速公路通往交流道的岔路口，正打算離開高速公路時，突然想起一件事。

對了，這個交流道再過去就是濱名湖休息站。那裡有一個很大的停車場和餐廳，有停車場就代表停了很多車子，既然停了很多車子，就不必冒著跳上車的危險搭便車，可以慢慢挑選我想要搭的貨車。而且，有餐廳就會有剩飯。

沒錯，沒錯，再加把勁走去那裡吧！在這個交流道未必能夠找到符合條件的貨車，也沒有安全的地方可以休息，更沒有食物可以填飽肚子。

我拖著疲憊的身體，繼續沿著東名高速公路往西走。

不知道走了多久，我在不知不覺中晃到車道上，好幾次聽到汽車的喇叭聲，才慌忙走回路肩。

我的腦袋昏昏沉沉，不覺得自己走在路上，周圍的環境都很模糊，看不到樹木，也看不到房子，好像走在海上。事後我才想到，當時我一定是走在海上，不，正確的說，是走在湖上，也就是濱名湖上的橋。我只記得看到濱名湖休息站標誌的那一刻。

走路的時候可能快睡著了，所以根本不知道自己走在哪裡，也不記得怎麼走的。醒來的時候，就發現自己躺在休息區的一棵大樹下。

陽光在不知不覺中變得刺眼。抬頭一看，發現太陽已經西下，我似乎睡了很久。

我在無意識中，為自己找了一個安全的地方。那裡是一棟水泥建築物的後方，很少有人走動。

我起身走到建築物正面，喔，原來是加油站。所以，餐廳應該在前面。我快餓昏了，得趕快找到食物，什麼都好，哪怕是剩飯也沒有關係。

這個休息站的視野很好，剛好位在往湖面上方伸出的岬角上，放眼望去，濱名湖盡收眼底。那裡有遊艇，那個又是什麼？滑板上豎著帆，人抱著桅杆，是遊艇快要沉了嗎？但帆似乎太小了，而且，如果快沉了，旁邊的船怎麼沒有上前營救？既然沒有去救，應該是什麼新型的交通工具，下次要查一查交通工具圖鑑，看看那是什麼。

我一邊走，一邊欣賞著湖上風光，身後傳來一個聲音。

「啊，有貓咪！」

回頭一看，一個小女孩和看起來像她媽媽的女人手牽著手，站在十公尺外的垃圾桶旁。

「媽媽，是黑貓。」小女孩指著我說。

「對呀！好可愛的貓。」

女人說完，蹲了下來，向我招手。

「小黑，來，小黑，過來這裡。」

她很懂得和貓的相處之道。和陌生的貓打招呼時，如果不蹲下來，貓絕對不可能靠近。

女人看起來很親切，要不要走過去看看？但如果走過去，那個小女孩可能會亂摸我……

我站在原地不動，女人站了起來，向我走了兩、三步，再度蹲下來，從手上的紙袋中拿出一個黃色的盒子。

「來，過來這裡。」

她一邊叫我，一邊拿下紙盒上的橡皮圈。

「小黑，過來，請你吃鰻魚。」

鰻魚！

和鰻魚相比，即使被那個小女孩摸來摸去，牙一咬就忍過去了。

「呼喵嗚。」

我本來只想叫一聲「喵嗚」，沒想到口水

流了出來，變成了「呼喵嗚」。

我立刻衝到女人面前，她把打開的紙盒放在地上。真的是蒲燒鰻魚，而且是完整的一大片。

「媽媽，這隻貓聽得懂我們說的話嗎？他一聽到你說『鰻魚』就走過來了。」

「他不是聽得懂人話，而是聞到味道吧！」

「是嗎？」

這對母女在我的頭頂上交談。

我轉眼間就吃光了鰻魚，小女孩迫不及待的蹲下來，摸著我的頭。我不能沒禮貌的吃完東西就掉頭走人，原本還以為她會抓我的耳朵，但她沒有做出這種粗暴的舉動。

「洋子，貓咪把你吃剩的鰻魚吃完了，太好了，這樣就不用丟掉了。」

「對呀！謝謝貓咪幫我吃掉。」

這對母女真是太有教養了，把食物送給餓昏的貓，還說「謝謝貓咪幫我吃掉」，沒有十足的教養，不可能說出這種話。我不禁佩服這對母女。

「我們走吧！貓咪不喜歡別人一直摸他。」

雖然小女孩有點捨不得，但聽到媽媽叫她，還是站了起來。

除了這對親切的母女之外，在休息站休息的人也餵了我不少食物，而且我還發現了一個沒有關緊的水龍頭，順利的解渴。

經過昨晚的經驗，我不再認為任何貨車都可以搭，這裡的風景不錯，所以我決定耐心等待，直到符合條件的貨車出現。

我時而眺望湖面，時而在草地上睡覺，昨天的疲勞很快就消失了。我不時去停車場張望。

岐阜車牌、小貨車、有車篷，而且車篷的橡皮圈最好鬆一點，方便進出。我一直等到第二天天亮時，才終於找到符合這些條件的車子，但濱名湖休息站讓我留下了美好的回憶。

旅行就是樂中有苦，苦中有樂。

17

兩個魯道夫

我突然想到，與其在停車場打轉，不如去休息站入口等待，於是，我站在可以看到車子開進來的坡道上方。雖然有不少岐阜車牌的車子，但都是小客車和廂型車。

九點的時候，有一輛岐阜車牌的小貨車開進來，卻是一輛老爺車，而且引擎聲很大，又沒有車篷，我只好放棄。雖然沒有車篷也無妨，但多了車篷，會覺得安心許多。

夜深了，大貨車越來越多。半夜的高速公路是大貨車的天堂，我決定先小睡一下。

黎明的時候，我正在草叢裡睡覺，一個冰冷的東西滴在臉上，我醒了過來。

下雨了！

我不能感冒，所以趕緊起身準備換一個地方。我走上坡道，來到停車場。停車場內停了好幾輛大貨車。我鑽進離我最近的貨車下，在車子發動之前，都在這裡躲雨吧！我這麼盤算著，四處張望了一下。

咦？旁邊那排車子中有一輛車特別小，輪胎和輪胎間的距離比其他車子更窄，好像一個小孩子擠在大人的隊伍中。是小客車嗎？從我的位置看不到上面的情況。我鑽過好幾輛貨車下方，跑過去一探究竟。

是小貨車！車牌呢？

我繞到小貨車的車尾。

「岐」

真的是岐阜的車牌，而且有車篷。車篷只蓋住兩側和車頂，車尾的部分掀了起來。

就是它了！

我立刻跳上空蕩蕩的載貨臺。岐阜車牌的車子並不一定會去岐阜，但比起其他車牌的車子，去岐阜的可能性高很多。而且，車上沒有載貨，很可能代表已經送完貨了，岐阜的貨車當然要回岐阜。

即使不是回岐阜，只要行駛在高速公路上，一定會在某個交流道的收費站停下來，如果沒有在一宮交流道下去，我也可以再搭其他貨車繞回來。

我上車後三十分鐘左右，聽到開車門的聲音。引擎發動了。

出發，前進！

過了豐川、岡崎，車子繼續前進，經過了名古屋。

太好了，太好了，衝啊，衝！

過了和中央高速公路的會合點，出城的車道上出現了小牧交流道的標誌，下一個就是一宮交流道。我的心跳加速，越來越等不及了。

咦？不知道是不是我的錯覺，車速好像變慢了。我從載貨臺上探出頭。雨已經停了，天氣放晴了。

嗯，車速的確變慢了。

正當我這麼想的時候，小貨車改變了車道。太棒了，這輛小貨車果然要在一宮下高速公路。

小貨車下了一宮交流道後，便沿著國道二十二號線開始北上。根據我的推測，如果不去其他地方，應該在一個小時以內就可以到岐阜市區。

但推測畢竟只是推測，並不代表真的會發生。

車子開了一會兒，經過一座大橋後，小貨車立刻左轉，開了五分鐘後停了下來。

我抬頭一看，車子停在一個髒兮兮的倉庫前。司機走進倉庫後就沒有出來。大約等了三十分鐘，倉庫的門「嘎啦嘎啦」的拉開了，剛才的司機開著裝了很多紙箱的堆高機從倉庫裡出來。

慘了！司機打算把這些紙箱裝上貨車。

我立刻從載貨臺上跳了下來。

這輛貨車可能不會繼續沿著國道二十二號線北上，裝完貨之後，很可能沿著剛才的路往回走。我決定放棄這輛貨車，走路回國道。

早晨的國道上車來車往，我不可能跳上正在路上行駛的貨車，只好走路了。剛才那條河應該是木曾川，所以，代表已經來到岐阜縣了……

我這麼想著，仰頭看著北方的天空。

那、那個是……

那個聳立在遠方山上的，不就是——曾經出現在我夢裡的岐阜城嗎！

我在原地站了一會兒，仰頭看著城堡，眼眶漸漸熱了起來。

走到半路的時候，我從國道旁的餐廳垃圾桶裡找到了剩飯，吃了早餐，大口喝著水窪裡的水，再度沿著國道二十二號線北上。我的心情雀躍不已。

離市區越來越近，我也越來越有精神，腳步越來越快。走了一會兒，看到紅色的有軌電車從我面前經過。

太好了！只要從那條路左轉，然後再右轉，就可以走到公園。我在出發前牢記的地圖上是這麼畫的。不，即使不用回想地圖，只要走到岐阜城下，我就知道回家的路了。

看到公園時，我情不自禁跑了起來，有點上氣不接下氣，但我不想休息，我想趕快看到理惠和纜車大姐姐的心情越來越強烈。

看到廣場了！是纜車車站的廣場。終於走到了，眼前的城市多麼熟悉，我終於回來了！

我繞去纜車車站，沒有看到大姐姐，她應該去山上了。

確認大姐姐不在車站後，我穿越了大馬路和小街道，一路往家裡跑。

右轉，左轉。

商店街！那個商店街有我最討厭的魚店老闆。和上次一樣，在魚店的不遠處，停了一輛有車篷的大貨車。

咦？是不是上次那輛大貨車？

我突然想去看看貨車的車牌。我也不知道為什麼自己會有這個念頭。

「**足立**」

走過去一看，發現車牌上這麼寫著。果真是東京的貨車。再仔細看了看，更覺得就是上次載我去東京的那輛貨車。難道是因為顏色一樣的關係嗎？

算了，這不重要。我決定趕快回家，從這裡回家只要一分鐘。我走過最後的轉角。第一戶、第二戶……

我家是第五戶，站在熟悉的玄關下，鑽過大門下方的縫隙。松樹和一年半前一樣，順著這棵松樹往上爬，可以去二樓理惠的房間。抬頭一看，發現她房間的窗戶敞開著。

我跳上了松樹。

但是，當我順著松樹往上爬，爬到可以看到房間內的樹枝時，我看到一個大大出乎意料之外的景象。不，不是出乎意料，而是不可思議。

房間內的東西都沒有改變。粉紅色的地毯、桌子、書架和我專用的座墊……

但是，屬於我的座墊上坐了一隻黑色的貓，正露出害怕的眼神看著我。

「叔叔，你是誰？」

這不是我在發問，而是那隻黑貓。

他的身體比我小很多，還是一隻小貓。即使是小貓，也未免太過分了，居然不打一聲招呼就用我的座墊，還問我「叔叔，你是誰？」真是太沒禮貌了。

「我才要問你，你是誰呢？你為什麼在這裡？」我語氣嚴厲的反問他。

「我是魯道夫，是住在這裡的貓。」

這是我要說的話，但那隻貓搶先說了。

「你是住在這裡的貓？開什麼玩笑！」

「我就是住在這裡的貓啊！」

「你從什麼時候開始住在這裡的？」

我問這句話的時候，從窗戶跳進屋內。

自稱是魯道夫的貓嚇了一跳，站了起來。

「叔叔，你想幹什麼？你不要亂來，我要叫理惠嘍！」

這傢伙太可惡了，居然就這樣直呼理惠的名字。

「你說你是住在這裡的貓，你是從什麼時候開始住這裡的？」

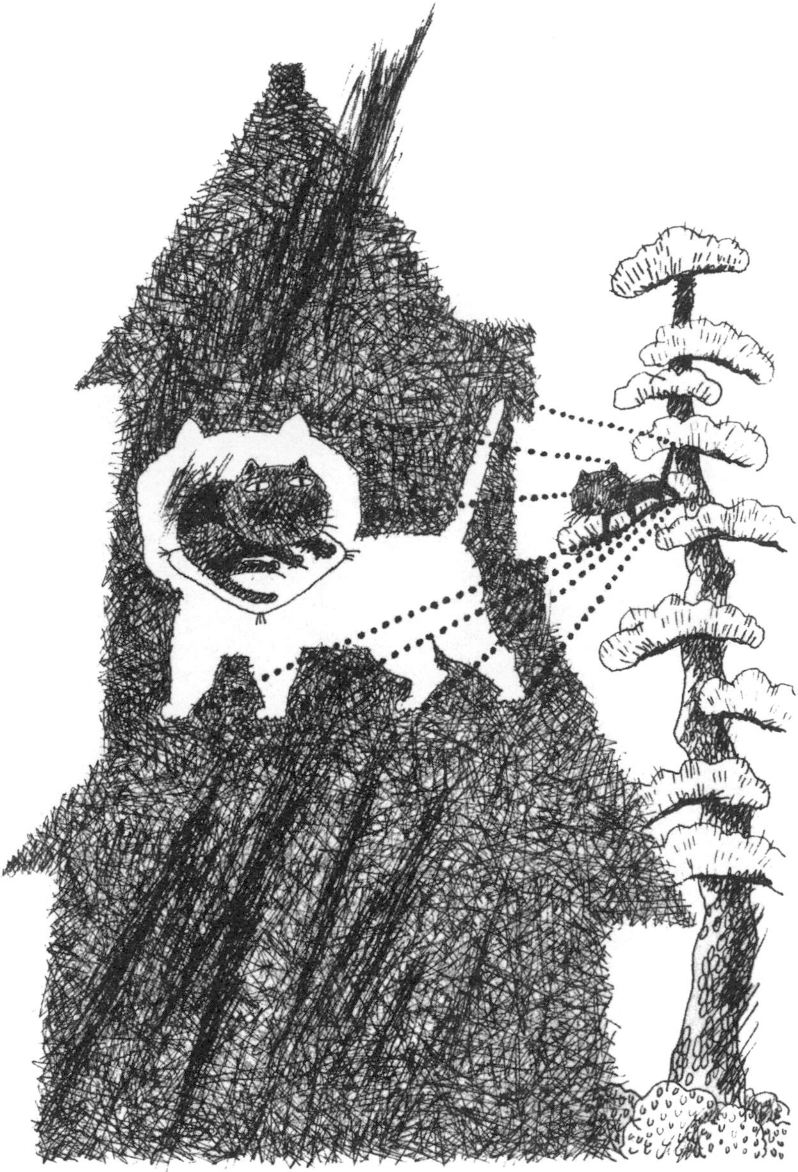

我又重複了剛才的問題。

「今年春天她把我帶回來的。」

帶回來？帶回來是什麼意思？

「帶回來？」

「對呀，以前住在這裡的貓走失了，剛好滿一年，還是沒有回來，所以，她就把我帶回來了。」

這隻貓體型比我小了足足有一半，卻不甘示弱，勇敢的回答我的問題。

「之前住在這裡的貓？」

「嗯，對呀！」

我還搞不清楚是怎麼一回事時，他似乎發現我並不打算撲向他，稍微鬆了一口氣。

「理惠說，那隻貓也叫『魯道夫』，我們都是同一個媽媽生的，所以是兄弟。我有五個兄弟。」

我慢慢了解發生什麼事了。我在東京期間，這隻黑貓取代我來到這個家。

為了讓自己的心情平靜下來，我向他打聽了其他弟弟的情況，雖然我根本不感興趣。

「那你的其他幾個兄弟呢？」

「不知道，應該也被帶去某戶人家了吧！除了我以外，還有一隻全黑的貓。理惠說，很想把我們一起帶回家，但理惠的媽媽說，不能養兩隻，只能養一隻，所以最後選了我。聽說之前那個魯道夫和我的眼睛很像，和另一隻黑貓的尾巴形狀一模一樣。所以，最後還是選了眼睛，而不是尾巴。」

他說最後一句話時似乎有點得意。居然有這種貓，在我面前炫耀和我長得像這件事。

但這種事根本不重要，我覺得四肢發軟，快要癱坐在地上。我應該早一點回來的。如果早幾個月回來，這傢伙就不會出現在這裡。雖說這傢伙其實是我弟弟……

聽他這麼說之後，我仔細觀察了一下，發現他的眼睛的確和我很像。和我平時喝水時，在水面中看到的臉相比，雖然大小不同，形狀卻很相似。

「叔叔，怎麼了？叔叔，你是誰？」

看到我盯著他的臉，他又緊張起來，向後退了一步問道。

我以後要和他一起生活嗎？當我閃過這個念頭時，立刻想起他剛才說的話。

不能養兩隻，只能養一隻……

一隻……

只有一隻的話……

我離開這個家已經一年半，理惠的難過也漸漸淡了。我突然回家，她就必須在我們兩個中間選一個。這隻貓好不容易適應了這裡，如果被送走，理惠會怎麼想？她一定會再難過一次。

如果現在只能留下一隻貓，那一定不是我，而是這隻貓。能夠留在這個家裡的，是另一個魯道夫，是我的弟弟，也就是眼前

這隻貓。

「叔叔，你是誰？」那隻黑貓又問了一次。

我回答說：「我的名字……我的名字可多了……」

我也不知道為什麼會這麼回答。

「啊？你叫『可多樂』？好奇怪的名字。」

「你也這麼覺得嗎？我一開始也這麼覺得，不，我是流浪貓，所以有很多名字。剛才經過這裡，看到

這棵松樹很漂亮，就爬上來看看。」

「原來是這樣啊，我還以為你是小偷呢！」

誰會跑進自己家裡當小偷？我突然難過起來。

「小魯，小魯，你在樓上嗎？」

啊，是理惠的聲音。她在下面叫小魯，小魯……

她叫著小魯，那正是我在東京夢中聽到的聲音。

但是，理惠叫的不是我，我立

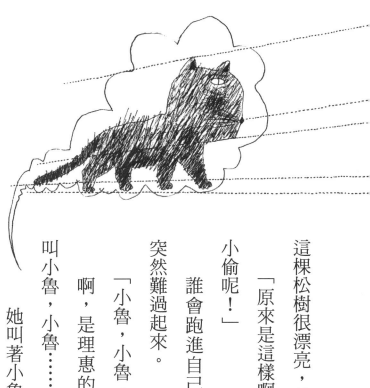

刻從窗戶跳到松樹上。

「代我向你的理惠問好。」

才不是你的理惠，那是我的理惠。我把這種想法和淚水一起吞了下去，然後飛快的爬下松樹。

剛才那輛足立車牌的貨車，不知道是不是還停在魚店前。我跑了起來。但是，並不是因為著急而跑，也不是想要快點趕去而跑，而是覺得不能看到理惠，所以拚命跑了起來。

那輛貨車仍然停在魚店前，司機正準備上車。我全速跑向車篷敞開的載貨臺。

18

再次回到東京

不出我所料，停在魚店前的貨車和我第一次到東京時搭乘的貨車屬於同一家貨運公司，中途去了一個像倉庫的地方載貨，天黑之後，就朝東京出發了。司機裝貨時，我提心吊膽，很怕會被發現，躲進最裡面的紙箱夾縫中，幸好沒有被他發現。

東京很大，難道我不擔心貨車會去東京的其他地方嗎？

我完全沒有擔心這個問題，因為載貨臺上裝了很多寄到東京江戶川區和葛飾區的貨品，所以我很確定貨車的目的地，是去年春天我第一次到東京時，下車的那個貨運公司停車場，那裡是貨運公司的大本營。

如果當時心情平靜一點，應該可以好好享受這趟東海道的旅行，但我受到的打擊太大，根本沒有這種心情。

我不恨理惠，相反的，反而很感激她等了我一年。我明明可以更早回家，卻沒有那麼做，一切都是我的錯。

而且，取代我陪伴理惠的另一個魯道夫是我的弟弟，等於是我的分身留在岐阜。

離開東京三天後的一大清早，我就回來了。米克斯看到我驚訝極了。

「沒想到你這麼快就回來了。」

說這句話的是可多樂。可多樂之前就猜想理惠可能養了其他的貓，我還是會回來東京，所以，當米克斯哭喪著臉說，可能一輩子都見不到時，可多樂就說，他覺得還會和我見面。

「沒想到浦島太郎的表演成真了，但你和浦島太郎不一樣，又回到了龍宮城，這樣不是很好嗎？你回到了東京這個龍宮城。」大魔頭安慰我。

雖然他們都說「太遺憾了」，但都為我回到他們身邊感到高興，大魔頭那天的晚餐剛好是牛排，所以就在他家的院子為我舉行了歡迎會。

米克斯偷偷告訴我，我出發以後，可多樂很擔心我能不能順利回到岐阜，他還說下次陶器批發商的貨車再來米克斯家時，他也要去岐阜。

現在，我還沒有決定到底要住在日野先生家，還是繼續住在神社的地板下。回岐阜之前，我想了很多，覺得住在日野先生家不太好，但現在不會有這種感覺了。

我慢慢了解，即使當了寵物貓，也不等於變成人類的手下，但我仍然對身為流浪貓感到自豪……

這一陣子可能有時候住日野先生家，有時候回去神社住，我打算慢慢思考到底要當寵物貓還是流浪貓這個問題。

最後補充一件事，經過這次旅行，我產生了「天涯海角任我

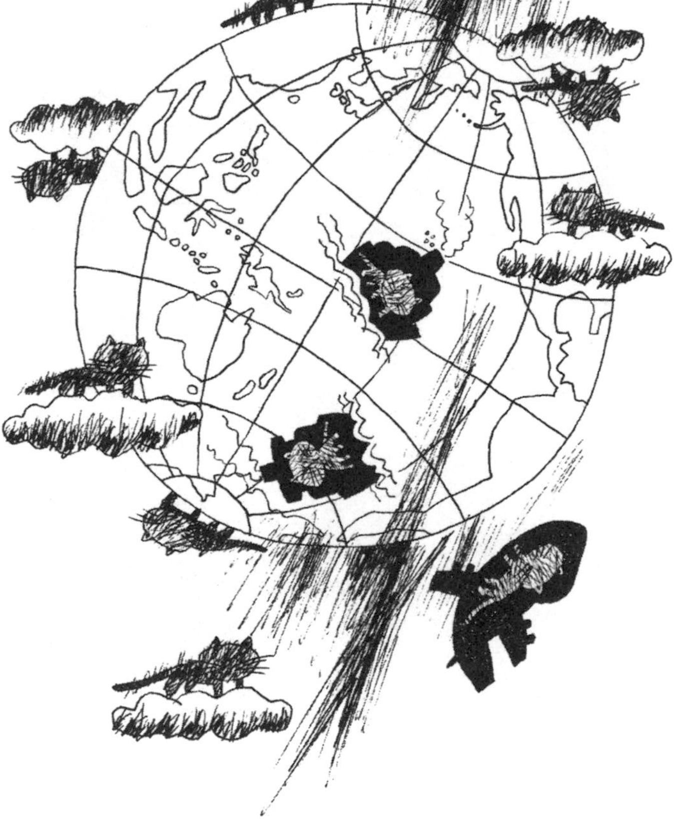

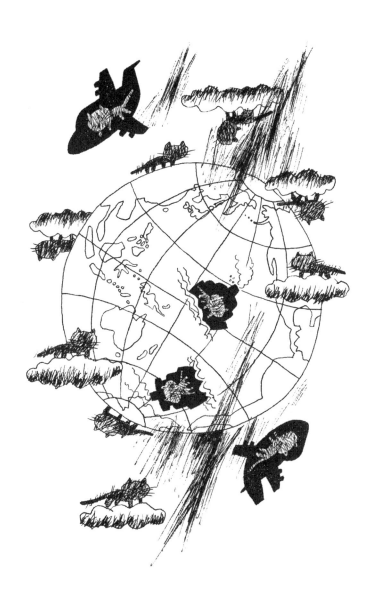

行」的自信，還打算以後要環遊日本。

我把這種想法告訴了可多樂，他說：

「你的格局太小了，既然要旅行，當然要環遊世界！」

不管是環遊日本還是環遊世界，反正，貓搭乘任何交通工具都不用錢，想去哪裡，說走就走。

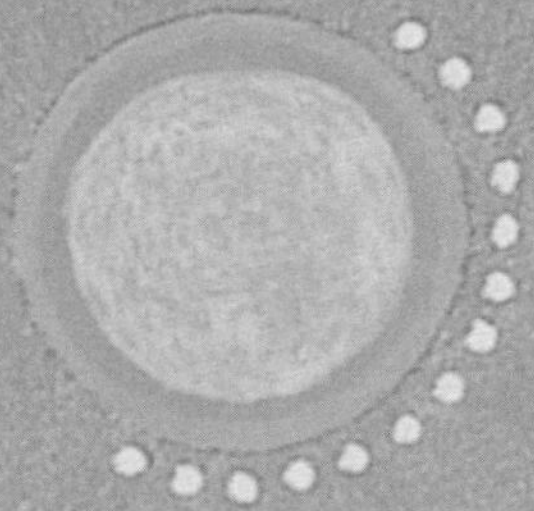

56

讀書會

魯道夫成為流浪貓的期間，
思考了許多人生的大道理，
也結識了患難與共的好朋友，
一起來想一想，
並認識這些有趣的動物吧！

快問快答

1. 世界上有許多事情因為被過度渲染、誇大，以致事實混淆不清，如果你聽見「虎哥三秒鐘打敗了十隻像大象那麼大的狗」這句話，你會相信嗎？你最近聽過什麼樣誇張的傳聞嗎？你相信嗎？為什麼？

2. 米克斯說：「問題不在於有沒有真實感，傳聞的重點在於是不是有趣。」你同意米克斯的觀點嗎？如果是這樣，你覺得會造成什麼問題呢？

3. 米克斯和魯道夫在堤防遇到了三隻獵犬的攻擊，卻被宿敵大魔頭及時搭救。如果你是大魔頭，你會出手相救嗎？為什麼？你會有勇氣承認自己先前的錯誤嗎？

4. 魯道夫認為，貓被人類飼養，就會成為人類的手下；可多樂認為他和主人之間是朋友關係；米克斯則認為貓和人類是共存共榮的關係。你贊成誰的說法？為什麼？

貓狗大蒐奇

貓咪知多少？

貓的習性：晝伏夜出

貓是晝伏夜出型的肉食性動物，許多活動時常在夜晚進行，例如：狩獵和求偶。

貓的長相：虎斑貓

圓頭黑斑紋

虎斑貓的頭型寬闊圓潤，棕色的底色上混著美麗的黑色斑紋，斑紋是他們的保護色，讓他們不容易被發現。

貓的動作：磨指甲

貓的指甲是攀爬、狩獵和防禦的最佳武器，牠們時常會找粗糙的物體表面來磨爪子。

貓的動作：舔拭身體

貓時常用舌頭舔身體，那是牠們清潔的方式，舌頭上粗糙的小倒刺，可以幫助清除汙穢，例如吃完飯後用前爪抓抓鬍鬚、舔舔毛。

另外，由於貓的汗腺不發達，為了將劇烈運動過後的體熱排出，也會用舌頭舔身體幫助降溫。

貓的動作：搖尾巴

貓搖尾巴有幾種意思，用力搖晃尾巴，代表情緒緊張或激動，而大幅度、緩慢的搖動尾巴，則表示心情愉快。

但一旦牠們尾巴上揚並拱起背，就是在警告對方不要惹我！

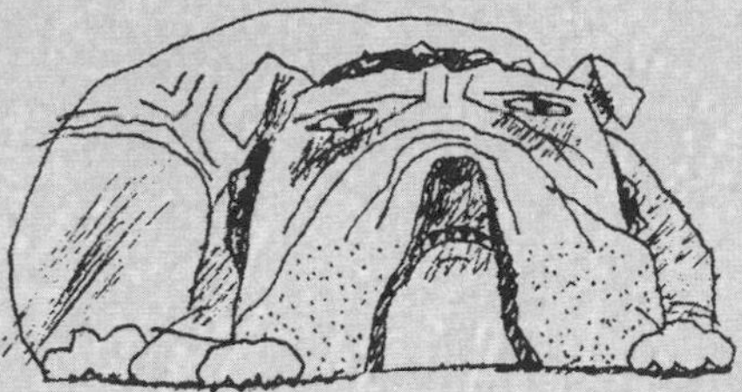

鬥牛犬知多少？

鬥牛犬的外型：
方頭厚胸膛

鬥牛犬的外型特徵主要是方正的大頭和厚實的胸形以及肩部，讓人一眼就能辨識出來。

鬥牛犬的起源：
與牛打鬥

鬥牛犬又叫做老虎狗或牛頭犬，最早出現在英國，用來與牛打鬥。現代的鬥牛犬則個性較為溫和，時常被當作家犬。

鬥牛犬的特性：
優秀的看門狗

鬥牛犬個性溫和，很容易和孩子親近。鬥牛犬聰明、會察言觀色，懂得服從命令，除了是優秀的看門狗之外，美國軍隊更將牠們視為搜索和傳遞軍情的專用犬。

後記

齊藤 洋

我又透過朋友拿到了魯道夫的手稿，這麼說，聽起來好像是我採取主動，但其實和上次一樣，我完全是被動的。我的朋友故意趁我不在家的時候上門，當我外出回家後，門口又放了一疊亂糟糟的紙。這一次，他甚至懶得打電話，只在最上面用膠水貼了一張紙條。

「魯道夫的稿子就拜託你了。」

我也不是閒著沒事做，根本不想花時間謄

寫貓寫的小說。或許有人會說，把稿子還給那個朋友就好。不瞞各位，我連那個朋友的地址和電話都不知道。確切的說，不是不知道，而是那個朋友居無定所，當然也沒有電話。

所以，無論我再怎麼在意，都無法調查那個朋友和魯道夫到底是什麼關係。

我曾經去魯道夫可能住的地區，也找到了應該是他住的那座神社，但沒有看到黑貓或虎斑貓，只有一隻雙色貓坐在階梯上，一臉內行人的表情看著我，他搞不好就是米克斯。我原本還想去找日野先生和小川先生的家，但總覺得魯道夫會罵我沒教養，所以就打消了念頭。

樂讀456 098
黑貓魯道夫❷

魯道夫・一個人的旅行

文｜齊藤 洋
圖｜杉浦範茂
譯｜王蘊潔

責任編輯｜黃雅妮、李寧紜
特約編輯｜劉握瑜
封面及版型設計｜李潔、林子晴
電腦排版｜中原造像股份有限公司
行銷企劃｜陳佩宜、林思妤

天下雜誌群創辦人｜殷允芃
董事長兼執行長｜何琦瑜
媒體暨產品事業群
總經理｜游玉雪
副總經理｜林彥傑
總編輯｜林欣靜
行銷總監｜林育菁
主編｜李幼婷
版權主任｜何晨瑋、黃微真

出版者｜親子天下股份有限公司
地址｜台北市104建國北路一段96號4樓
電話｜(02)2509-2800　傳真｜(02)2509-2462
網址｜www.parenting.com.tw
讀者服務專線｜(02)2662-0332　週一～週五：09:00~17:30
傳真｜(02)2662-6048　客服信箱｜parenting@cw.com.tw
法律顧問｜台英國際商務法律事務所・羅明通律師
製版印刷｜中原造像股份有限公司
總經銷｜大和圖書有限公司　電話：(02)8990-2588

出版日期｜2012年4月第一版第一次印行
　　　　　2023年8月第二版第一次印行
定　價｜350元
書　號｜BKKCJ098P
ISBN｜978-626-305-504-9(平裝)

訂購服務
親子天下 Shopping｜shopping.parenting.com.tw
海外・大量訂購｜parenting@cw.com.tw
書香花園｜台北市建國北路二段6巷11號　電話(02)2506-1635
劃撥帳號｜50331356　親子天下股份有限公司

國家圖書館出版品預行編目資料

黑貓魯道夫. 2：魯道夫・一個人的旅行 / 齊藤洋文；杉浦範茂圖；王蘊潔譯. -- 第二版. -- 臺北市：親子天下股份有限公司, 2023.08
256面；14.8×21公分. -- (樂讀456；98)
譯自：ルドルフともだちひとりだち
ISBN 978-626-305-504-9(平裝)
861.596　　112008061